最強の傭兵少女の学園生活
Episode.01
―少女と少女、邂逅する―
笹 塔五郎
TOGORO SASA
Illustration Enji
JN178382

シエラ・ウーカー
伝説的な傭兵に
育てられた少女。
表情が乏しく
世間知らず。

アルナ・カルトール
貴族の令嬢。
孤独を抱えた
事情《わけ》アリの優等生。

エインズ・ワーカー
伝説的な傭兵。
シエラの父親代わり。
エルム・ガリレイ
《竜殺し》を冠する暗殺者。全身鎧の豪放な男。
ホウス・マグニス
《ロウスタ魔導学園》の講師。
性格に難アリな実力派魔導師。

「寂しい時は寂しいって
言ってもいいのよ」

「アルナ……？」

「どうして……戻ってきたの？」

もう会えないと思っていた。

一方的に拒絶したのだから、当然だ。

自分は独りで死ぬ――

そう覚悟していた。

なのに今、目の前にはシエラがいる。

「わたしは、アルナと一緒にいたいから」

「そんな、理由で——」
「それしかないよ。わたしはアルナと友達でいたいから、ここにいる」

CONTENTS

ダッシュエックス文庫

最強の傭兵少女の学園生活
―少女と少女、邂逅する―

笹 塔五郎

01 最強の傭兵、引退する

二人の男女が、岩陰《いわかげ》に身を潜《ひそ》めていた。

男は無精髭《ぶしょうひげ》を生《は》やし、筋肉質な身体《からだ》をしている。

薄汚れたローブに身を包んだ彼は、周囲を窺《うかが》いながら隣の少女へと話しかけた。

「いいか、シエラ……俺はこの戦いが終わったら、引退しようと思っている」

「それ聞いたことある。《死亡フラグ》ってやつでしょ？」

「いやいや、父さん死なないから。お仕事引退するだけだから」

男は、少女の言葉を慌《あわ》てて訂正《ていせい》する。

彼の名はエインズ・ワーカー。

剣術と魔法を極《きわ》めた《魔法剣士》であり、彼が戦場にいれば勝利が約束されると言われるほどの、最強の傭兵《ようへい》である。

そんなエインズに育てられた少女――シエラ・ワーカー。

銀色の長い髪に、整い過ぎているほどの目鼻立ち。今はエインズと同じく薄汚れたローブに身を包んでいるが、身なりを整えれば良家のお嬢様だと思われてもおかしくないだろう。

彼女は幼《おさな》い頃にエインズに拾われ、剣術と魔法を叩《たた》き込まれてきた。

今では弱冠《じゃっかん》十五歳ながら、戦いにおいてはエインズに比肩《ひけん》するほどの実力者である。

二人がいれば、国一つとでもやり合うことができる——世間《せけん》ではそう囁《ささや》かれるほどだった。

「でも、突然引退なんてどうしたの？」

「前から考えていたことさ。シエラ、お前はいくつになる？」

「んーと……二十？」

「逆に盛る子初めてみたよ。十五だ、十五」

「そうなんだ、あんまり興味ないから」

シエラは素《そ》っ気《け》なく答える。

興味がない——それは、本心からの言葉だった。

シエラは戦場で生き、戦場で育った。

戦場以外の世界など知らないし、死に場所だって戦場以外にありえない。

そう思っていたのだが……父の突然の引退宣言。

普段滅多《めった》に感情が揺れ動かないシエラも、この時ばかりは少なからず困惑《こんわく》していた。

「じゃあ、これからは田舎《いなか》で静かに暮らす、とか？」

「お前に語った俺の将来像は置いといて、だな。俺はお前を連れていくつもりはない」

「——え？」

思わず聞き返すシエラ。

魔物の大群を目の前にしても一切動じない彼女の鉄面皮《てつめんぴ》が崩《くず》れた。

それはまるで今にも泣き出しそうな童女のようで——。

エインズにとっても想定外の反応だったようで、彼は慌てて言葉を付け加えた。

「ま、待て待て！　そんな悲しそうな顔をするな！　見捨てるとかそういう話じゃない！」

「……別に悲しくないし」

唇《くちびる》を尖《とが》らせて、そう答えるシエラ。

そんなシエラの頭を、エインズは優しく撫《な》でる。

「父さんいろんな暗殺者に追われるくらい有名だからさ。しばらくは身を隠す予定だ。お前はまだ俺と違って狙《ねら》われてない」

「……別に、二人でなら暗殺者なんて怖くないよ。何だったら、父さんだけでも余裕でしょ」

「超余裕だが、論点はそこじゃない。これを機に、お前にはいろんなことを知ってもらいたいんだ」

「いろんなこと？」

「そうだ。俺が教えてやれるのは剣術や魔法——戦いに関することばかりだ。でも、人間はそれだけじゃないんだよ」

「……何か、お父さんみたいなこと言うね」

「父さんだぞ」

エインズの言葉を聞いて、くすりと笑うシエラ。

だが、シエラは戦い以外のことにほとんど興味がない。

「じゃあ、父さんが色々と教えてくれればいいのに」

「父さんそういうの教えるの下手だから——っていうか、父さんといると普通の交遊関係あんまりできないからね。友達とか、できたらきっと楽しいぞ」

「……友達、別にいらないけど」

「そんなこと言うなって。父さんにツテがあるから。父さんと別れるのが寂《さび》しいのは——」

「別に寂しくない」

「そ、そうか。……なに、今生《こんじょう》の別れというわけではないんだ。お前にはこれからもっと幸せな人生を歩んでほしい。そういう父さんのささやかな願いだ」

「……まあ、父さんがそう言うなら、わたしは従うけど」

やや不服そうに、シエラは答える。

穏《おだ》やかな夜風が吹く中、父と娘は別離の話をした。

——不意に遠くから、無数の足音が聞こえてくる。

エインズが立ち上がった。

「そういうわけで、シエラ。これが父さんとの最後の仕事だ。手を抜くなよ」

「うん、死亡フラグ立てた父さんが死んじゃうかもしれないしね」

「だから死なないよ！　父さん強いから！」

傭兵の二人は、近づいてくる足音の主たちを待ち構える。

それは人ではなく、魔物。

それも、夥《おびただ》しい数の軍勢だった。

だが、二人は恐怖や怯《おび》えといった表情など微塵《みじん》も見せず、傭兵の仕事として当然だと言わんばかりに、たった二人で魔物たちへと向かって行った。


翌日。

その場に残されたのは、数え切れないほどの魔物の骸《むくろ》だけ。

そして、最強と名高い二人の傭兵は表舞台から姿を消した。

02 シエラ、王都へ向かう

《アウレス大陸》の中心部に位置する《フェルトス王国》。

そこは、大陸でも屈指《くっし》の大国家と呼ばれるほどに栄えており、盤石《ばんじゃく》な基盤を固めていた。

先代の王から続いて、現王もまた優秀な人物として知られている。


——エインズと別れてから三週間が過ぎた。


シエラは王都行きの馬車に乗り、森の中を進んでいた。

丁度《ちょうど》、地方から王都へ向かう行商人の馬車が通りかかり、乗せてもらうことになったのだ。

森を抜ければすぐに王都だ——以前にも仕事で立ち寄ったことはあるが、まさか一人で再訪することになるとは思わなかった。


「シエラちゃん、もうすぐ王都だよ」

「うん。運んでくれてありがと」

「なに、構わないさ。困っている女の子を見つけたら助ける……親父《おやじ》の口癖《くちぐせ》でね！」

「そうなんだ」

「いや、そこは女の子限定なの、とか突っ込みがほしくて……」

「突っ込み？」

「あ、うん……気にしないで」

「……女の子限定なの？」

「え、今突っ込むのかい!?」

シエラの独特のテンポに、行商人が突っ込みを入れる立場になる。

シエラは戦闘に関すること以外にはほとんど興味がないため、このようにしばしば会話が噛み合わないことがあった。最低限のコミュニケーションを取ることはできるが、正直こうして王都に向かう馬車に乗せてもらっているのは奇跡に近い。

（馬車が通りかかったらとりあえず親指立てとけ――って父さんが言ってたけど本当だった。すごい……父さんは博識……）

別れ際にエインズから授かったアドバイス――それが運良く成功してしまったがために、シエラは父への尊敬の念を深めてしまっていた。

エインズからすればアドバイスは単なる冗談であり、シエラなら歩いてでも王都へ辿《たど》り着けるだろうと思っていた。

シエラにしたって、ハナから馬車などアテにしておらず、歩いていく気満々だった。

常人《じょうじん》ならば徒歩で王都を目指すなど正気の沙汰《さた》ではなく、まず選択肢《し》に浮かぶことすらあり得ないのだが、二人にとってはそうでもないのである。

ただ、二人の考えには決定的な違いがあった。

エインズは、徒歩で王都を目指す異常性を理解しており、その上で「でもまあ、俺は徒歩で行けるから」と平然と言ってのけて実行するタイプ。

一方でシエラは、徒歩で王都を目指すのが当たり前であり、その異常性を全く自覚していない――いわば常識知らずであった。

だからもちろん、そんな常識知らずのシエラのことを、エインズが心配しないわけがない。

王都で暮らすにあたってシエラに欠けている常識やコミュニケーション能力――それを補《おぎな》うため、エインズはあるノートをシエラに渡していた。

(『凡人《ぼんじん》ノート』……まだちゃんと見てないけど、困ったらこれを見ろって言ってた)

シエラはそう思いながら、別に困ってもいないけれどノートをパラリとめくる。

一ページ目には――

『基本その一、普段は本気を出さないこと』

少し汚い字でそんなことが書かれていた。

シエラは首をかしげる。

（本気は出しちゃダメってことは、普通はみんな手を抜くってことなのかな）

「……おじさん」

「ん、何かな？　もしかして、気持ち悪くなったのかい？　馬車は揺れるからね」

行商人がシエラの方に視線を向けながら、問いかける。

シエラは首を横に振って、尋《たず》ねる。

「ううん、そうじゃなくて──手抜いてる？」

「え、ぜ、全力で走らせろってこと⁉」

「いや、そういうわけじゃないんだけど」

（よくわかんないけど、まあ書いてある通りにすればいっか）

シエラは納得した。

基本的にシエラは、戦闘以外のことについては深く考えない性格である。

これから向かう王都の学園では、父の紹介があるとはいえ筆記試験が行われることになっているのだが――最低限の読み書きができるだけのシエラが合格基準に達するのは難しいと言わざるを得ない。

当のシエラは試験などどこ吹く風で、今から試験勉強をする気もさらさらないのだが……。

「安全運転で行くけど、暇《ひま》なら寝ててもいいよ」

「うん、そうする――」

シエラは頷《うなず》いて馬車の後方へと移動しようとするが、ピタリと動きを止めた。

すんっ、と匂《にお》いを嗅《か》ぐ。

（この独特の匂い……）

揺れる馬車の上で身を乗り出し、シエラは周囲を確認する。

「おじさん」

「ん、何だい」

「やっぱり少し本気出した方がいいかも」

「え、それはどういう――」

行商人が答える前に、それは突如《とつじょ》として目の前に現れた。

前方左側から、勢いよく飛び出してきたのは――

「うわっ！　ム、ムカデ!?」

「違う、ヤスデだよ」

「ヤ、ヤスデ……!?　この辺《あた》りの森は安全だって聞いてたのに……！」

行商人が焦《あせ》った様子でそんなことを言う。

きっと昨日までは安全だったのだろう。だが、今日も安全だとは限らない。魔物が巣や住処《すみか》を一夜のうちに変えることなど日常茶飯事《さはんじ》であり、シエラはそれを経験則からよく知っていた。

人の常識は、魔物の常識にあらずだ。

人間以上の大きさのヤスデは、馬車へ突撃してきた。

馬車を引く馬が驚いて右方向へ行こうとする。

自《おの》ずと、荷台がヤスデの方に向く形となった。

「キシャアアアッ！」

「ひっ――」

「伏せて」

怯《おび》える行商人に対してシエラは一言そう告げる。

ヒュンッと風を切る音が周囲に響いた。

それと同時に、ヤスデの身体《からだ》が二つに割れる。

切り離された頭部だけが慣性に従って向かってくるが、それもシエラは軽々と蹴《け》り飛ばした。

ピシャリと馬車へ飛び散る体液も、羽織《はお》っていたローブを脱ぎ捨てて守る。

わずかに、シエラの頰《ほお》に体液が散った。

ジュウ、という音と共に熱いという感覚がやってくるが、シエラは気にすることなくそれを拭《ぬぐ》う。

（体液に溶解効果……普通の《メルト・ヤスデ》かな？）

過去に何度も目撃したことがある。

メルト・ヤスデ──広く大陸に分布する魔物で、大柄だが素早い動きをする。

「シ、シエラちゃん……!?　その剣は……！」

行商人が驚くのも無理はない。

先程まで、シエラはそんな武器など持っていなかったのだ。

それなのに、今のシエラは赤い刀身《とうしん》を持つ剣を握っている。

シエラは行商人の問いに答えることなく、

「ここまで送ってくれてありがと」

「え、どういうことだい……？」

「お礼に、あいつらの相手はわたしがやる」

シエラの言葉に、行商人は驚きの声を上げる。

「む、無茶だ！　さっき見たけど……あれは群れでやってきてる！　一匹や二匹じゃない！

それに、馬車から飛び降りたら怪我《けが》じゃ済まないぞ！」

行商人の言葉を聞いて、シエラは少し驚く。

エインズとの傭兵稼業《ようへいかぎょう》の日々の中では、馬車から飛び降りることなど当たり前のことだったからだ。

(まあ、馬車から飛び降りるのは本気じゃなくてもできるし……)

律儀《りちぎ》に父の残した『凡人ノート』のことを思い出しながら、行商人に答える。

「大丈夫、適当にやっとくから」

「え、あ――」

そうして、行商人の制止も聞かずにシエラは飛び降りた。

落ち葉や砂利《じゃり》が周囲に飛び散る。

シエラはそのまま地面を蹴った。

その衝撃だけで足元は抉《えぐ》れたようになる。

「キシャ――」

巨大なヤスデが反応する前に、シエラは目にも留まらぬ速さで間合いを詰めて、剣撃を繰り出した。

(こいつは頭と胴体を切り離せばもう戦えない)

シエラの戦闘面に関する知識は、父譲《ゆず》りだ。

数千種以上存在している魔物の特徴や弱点について大体把握《はあく》している。

後ろから襲《おそ》ってくるヤスデに対しては、振り返ることもなく剣を振るった。

＊＊＊

「赤い……剣……？　まさか……」

シエラが飛び降りたあと、行商人が呟《つぶや》く。

彼の頭を過《よぎ》ったのは、ある人物の名前だった。

この大陸で知らぬ者はいない――それどころか、大陸を超えて最強の名を冠《かん》する男だ。

「エインズ・ワーカー……？　いや、彼は男のはず……」

行商人は自分で口にした言葉を、すぐに否定する。

これから学生になろうという少女が、《最強の傭兵》と同一人物であるはずがない。

ただ、シエラの赤い剣があまりにも噂《うわさ》に聞くエインズ・ワーカーの赤い剣に似ていたがために、彼を連想してしまっただけ。ただ、それだけのはずだ。

「それより、早く王都に行って知らせないと……！」

行商人が馬車を加速させる。

今できることは一刻も早くこの事態を知らせることと、飛び降りたシエラの無事を祈ることだけであった。

03 シエラ、学園を目指す

巨大なヤスデの魔物が次々とやってくる。

王都近辺の森にこれだけ現れるということは、

（近くに洞窟《どうくつ》か……巣があるのかな）

迫り来るヤスデを切り伏せながら、シエラは冷静に分析《ぶんせき》をしていく。

だが、わざわざ巣を潰《つぶ》すつもりはない。

シエラの目的はあくまで行商人の馬車を逃がすこと。

ここまで送ってくれたお礼だ。

真紅《しんく》の剣を振るい、シエラは森の中を駆ける。

ヤスデの魔物に限らず――虫の魔物の類《たぐい》は特に恐怖心というものが薄い。

どれほど無惨《むざん》に仲間が殺されようとも、次々と襲《おそ》いかかってくる姿は特殊な訓練を施《ほどこ》された兵士のようだった。

虫特有の異常性と言えるだろう。

だが、それ以上に異常なのは、そのヤスデの魔物を淡々《たんたん》と倒し続けるシエラの方だった。

彼女にとっては、この程度の戦いであれば日常茶飯事《さはんじ》ではあるものの、先ほどの行商人が見れば腰を抜かしたことだろう。それほどに、シエラは規格外だと言えた。

――おまけに、これでもシエラは父の残した『凡人《ぼんじん》ノート』に従い手加減をしているのだ。

唯一《ゆいいつ》の問題は、父のエインズが残したノートの『本気を出さない』とは、あくまで王都内で実力を見せてしまうことで目立ったり浮いたりしないよう力をセーブしろ、という意味であって、常日頃《つねひごろ》からの生活への指摘《してき》ではないのだが……どうやらシエラには伝わっていないらしい。

剣を振るえば、現れるのは赤い軌跡《きせき》――それが離れたヤスデの魔物に触れたかと思うと、ヤスデの魔物を綺麗《きれい》に切断していく。

しばらく戦ったところで、不意にシエラは木の上へと跳躍《ちょうやく》した。

まだ何体か残っているようだが、シエラはすでにかなりの数を討伐《とうばつ》していた。

それに、すでに行商人の馬車は森の外の方へと逃げ切ったようだ。

(あっちの方が王都だね。もう十分かな)

シエラはそう判断すると、最後に木の上へと登ってきたヤスデの魔物に対して真紅の刃《やいば》を投げつけて跳躍する。

磔《はりつけ》になったヤスデの魔物を背に、木々の上を跳《と》んで移動していく。

（王都……久しぶりな気がするけど、学園っていうのはどんなところかな？）

すでにヤスデの軍勢と戦ったことなど忘れたように、シエラは王都のことを考える。

エインズは『友達』ができる場所だと言っていたが、そもそもシエラは友達がどういうものかわからない。

エインズでいうところの、仕事仲間といったところだろうか。

子供のシエラは一緒に酒を飲んだりすることはできなかったが、宴《うたげ》に参加するエインズは楽しそうだったと記憶している。

（ああいうのだったら、少し興味あるかも）

そんな風に、シエラは考える。

シエラが編入試験を受けるのは明日の予定で、まずは王都で宿を探すところからだった。

「友達作り……頑張ってみよう、かな」

そんなことを呟《つぶや》きながらシエラは森を後にする。

森に蔓延《はびこ》っていたヤスデの魔物の多くは、こうして人知れずシエラによって討伐されたのだった。

＊＊＊

シエラが森を後にしてからしばらく経《た》ってのことだ。

森の中に、鎧《よろい》を着た者たちがやってきた。

彼らは王都から派遣《はけん》されてきた《王国騎士》だった。

王国を守る騎士団の彼らが、近隣の森に来るのは珍《めずら》しい話ではない。

ヤスデの魔物が森に出没しているという報告を受けて、騎士たちはやってきたのだ。

「これで全部か?」

「おそらくは」

騎士隊長の男の問いかけに、若い騎士が答える。

彼らが戦ったヤスデの魔物はごく少数だった。

騎士たちが到着した時点で、ヤスデの魔物のほとんどは倒されていたのである。

(どれも同じ殺され方をしている……同じ人物がやったことはわかるが、これほど綺麗にやれるものなのか……?)

鮮やかな手際《てぎわ》に、騎士隊長は驚きを隠せずにいた。

これほどの剣術の腕を持つ者を、同じく剣を扱う者として知らなかったからだ。

報告をした行商人によれば、王都を目指す途中で拾った少女がこの場に残ったとのことだが、少女の死体は見つかっていない。

そうなると、その少女がヤスデの魔物たちを綺麗に掃討《そうとう》したことになるのだが……、

「一体、何者だ……？」

魔物を倒した張本人である少女――シエラに繋《つな》がる証拠はない。

だが、王都に入る前から少しずつその存在が目立ち始めてしまっていることを、シエラは知る由《よし》もなかった。

04 シエラ、侵入者になる

王都――《オルグア》。

国の中心に位置する大都市だ。

年々人口が増すオルグアは、中心部には貴族などの富裕層、中間部には商人や職人といった平民層、端の外周部には貧民層といった具合に、住み分けがされている。

人口は今後も増える見込みで、王都外壁の改修なども検討されているというが――ともかく、活気に満ちた場所であることは間違いない。

そんな王都に一人、シエラはやってきた。

「《ロウスタ魔導学園》……だっけ」

懐《ふところ》から一枚の紙を取り出して、シエラは情報を確認する。

エインズからもらった王都の地図だった。

シエラが今いる場所は王都の東側の外壁の上――そこは本来、人が立ち寄れるような場所ではなかった。

上からの方が簡単に見つけられそうだと、シエラは登ってきたのだ。

彼女がこれから向かう学園――そこは、エインズの知り合いが学園長を務めているらしい。

全寮制の学園であるため慣れない新生活にも不自由しないだろう――と、エインズは言っていた。

「……中央寄りだから、このまま真《ま》っ直《す》ぐって感じかな」

おおよその位置は把握《はあく》できた。

シエラはそのまま、外壁から飛び降りる。

シエラが降り立ったのは人通りの少ない道ではあったが――、

「……え、今？」

「上から来なかったか……？」

目撃者の何人かが、驚きまじりの声を漏《も》らす。

だが、シエラは特に気にすることもなく歩き出した。

降り立ってから、シエラはエインズの言っていたことを思い出す。

（そう言えば町中《まちなか》では目立つ行動はするな……って言ってたっけ）

すでに目立ち始めているのだが、それを自覚することなく、シエラは気をつけようと心に決める。

そうして、学園の方に向かって歩き始めた。

王都の中心部に向かうほど、だんだんと人通りも多くなってくる。

何故《なぜ》か、シエラの方に視線が集まっていた。

「……？」

(見られてる。何でだろう……？)

幼《おさな》い頃から戦場で生きてきたシエラは、他人からの視線には敏感だった。

それは殺気を感じ取るうちに培《つちか》われた感覚なのだが――しかし、今シエラに注がれている視線には、どれも殺気など込められていない。

(じゃあ、なんでわたしを見てるのかな……？)

シエラは内心で首をかしげる。

しかし、第三者からすれば、シエラに視線が注がれる理由は明白だった。

太陽の光に照らされると、長い銀髪はより輝きを増す。

ローブは森の中で捨ててしまったために、白い肌《はだ》を露《あらわ》にしている。

煌《きら》めく銀髪に肌を惜《お》しげもなくさらす薄着――それだけでも周囲の興味を引くには十分だっただろう。

だがそれ以上に単純な理由として、シエラは可愛《かわい》らしかったのだ。

それもとびっきりに、だ。

浮世《うきよ》離れした雰囲気《ふんいき》の可愛らしい少女に、誰もが目を奪われ、魅了されているのである。が、当のシエラには自分が可愛いという自覚がまるでない。

その視線の中に暗殺者でも混じっていればシエラは即座に気づいただろうが――この場には善良な市民しかおらず、シエラはただ慣れない視線に対して疑問を浮かべるばかり。

（……あまり汚すなって言ってたけど、さっき馬車から降りた時に泥《どろ》も付いちゃったな）

今度は足元を見てそんな風に考える。

綺麗《きれい》にするという意味では、先に宿を見つけるという選択肢《し》もあったが、

（まあでも、挨拶《あいさつ》してからの方がそのあと自由だよね）

そう思い直し、シエラはまた学園の方を目指す。

相変わらず視線を向けられることにやや違和感を覚えつつも、迷うことなく進んでいく。

もっと複雑な洞窟《どうくつ》の中で、エインズと共に魔物の討伐《とうばつ》を行ったことがある。

王都は確かに入り組んでいる場所もあるが、それに比べればずっと楽だった。

人通りの多い道もするすると抜けるように歩き、シエラは学園の前に立った。

（また壁だ……）

素直な感想を抱く。

周辺の住宅や店々とは一線を画《かく》す存在感を放っていた。

ロウスタ魔導学園――シエラが入学試験を受ける予定の場所だ。

シエラはきょろきょろと周囲を確認する。

外壁に囲まれていて、すぐに入り口が見当たらない。

(じゃあ、ここからでいっか)

シエラはそう決めると、少し助走をつけて壁へと走り出す。

そんな姿を周囲の人々は訝《いぶか》しげな表情で見ていた。

「何やってるんだ、あの子――」

道行く人がそんな疑問を口にした直後、シエラは跳躍《ちょうやく》した。

一回目のジャンプで、ほぼ外壁の頂上にまで達する。

(あ、微妙に足りないや)

そんなことを心の中で呟《つぶや》くと、壁を一度蹴《け》る。

そうして垂直の壁を蹴りあげて、シエラはそのまま学園の敷地内へと入っていった。

人々が唖然《あぜん》とした表情で見送っていることなど知る由《よし》もなく、シエラはザッ、と着地する。

そこは自然に溢《あふ》れた場所だった。

王都の中は石造《づく》りの建物が多く、学園もまた大層な外壁に囲まれていたため、シエラは学園内も似たような造りなのだろうと勝手にイメージしていた。

だが、実際目の前に広がるのは草木の生《お》い茂る、シエラ好みの空間だった。

「……悪くない──」

そんな感想を呟いた時、すぐ近くに人の気配を感じた。

今度は先ほど町の中で感じていた視線とは違い、敵意のあるものだった。

現れたのは、二人組の男女だった。

「なに……子供、だと？」

男の方が、シエラを見て驚いた表情を見せた。

もう一人、女性もまた同じように驚いている。

「侵入防止用の結界《けっかい》に反応があったから来てみたけど」

「えっと、学園長に挨拶に来たよ」

「挨拶って──あれか、学園長が言っていた女の子の……」

「あっ、朝方お話のあった……!?」

何か気づいたように男がそう言うと、女性もハッとした表情を見せた。

「たぶん、それ」

シエラはそんな風に適当に答える。

（……敵、じゃないかな？）

先ほどまで感じていた敵意は幾分《いくぶん》か和《やわ》らいでいて、シエラもまた後ろ手に隠していた《赤い剣》をスッと手放す。

地面に溶け込むように、剣は消えていった。
学園に到着したシエラは、侵入者として見つかることになるのだった。

05 シエラ、学園長と話す

シエラが連れて来られたのは、学園本館の一室——学園長室だった。

遭遇《そうぐう》した二人の男女はこの学園に勤める講師らしく、たまたま近くを見回っていた際に結界《けっかい》に引っかかった侵入者——シエラに気づいたのだという。

学園長室にいたのは初老の女性で、優しげな表情でシエラを迎え入れる。

「待っていましたよ、シエラさん。どうぞ、お席に。お二人は下がっていただいて構いませんよ」

「承知《しょうち》しました」

「何かあればいつでも言ってください」

まだ、二人は少しシエラを警戒《けいかい》しているらしい。

敷地の広さもさることながら、所属する講師たちのレベルも非常に高いと評価されているのが、《ロウスタ魔導学園》だ。

魔法を学ぶという意味では王都でも一、二を争うほど人気があり、高い志願倍率を誇る。

そんな学園への入学希望者が侵入防止用の結界に引っかかるのは、前代未聞《ぜんだいみもん》のことだった。

実際——常人《じょうじん》が登れるような外壁の高さではないのだから、驚かれるのも無理はない。

だが、シエラを常人とは言い難《がた》い。

シエラは《ドラゴン》の住む《竜峰《りゅうほう》》という場所をはじめ、数々の崖《がけ》や難所をエインズと共に登ってきたのだ。それに比べれば学園どころか王都の外壁さえも、シエラにとっては問題なく登れてしまうものだった。

「えっと……おばさんが父さんの知り合いの？」

仮にもここの学園長をおばさん呼ばわりしてしまっているが——呼ばれた本人は気にする様子もなく笑顔で頷《うなず》く。

「うふふっ、そうよ。私の名前はアウェンダ・シェリー。エインズ・ワーカー——彼には何度かお仕事の依頼をしたことがあるのよ。あなたも手伝ってくれたのではないかしら？」

「そうなのかな？　仕事は父さんが持ってくるからわからないや」

シエラは仕事において交渉《こうしょう》の場にはおらず、そもそもそういう話に興味もない。

エインズの受けた仕事をこなす——それがシエラの日常だった。

今も、エインズが王都で暮らすようにと言ったからここにいる。

シエラの意思ではなく、エインズに言われたからやっていただけのことだ。

「きっと手伝ってくれていたと思うの。だから、エインズさんからあなたのお話を聞いて、うちの学園を受けてみないかって提案したの」

「そうなんだ」

「ええ、私的には特に条件もなく編入させてあげると言ったのだけれど、エインズさんからそういうところも含めて真っ当に……というお話を受けたのね。だから、明日あなたには編入試験を受けていただきます」

「うん、父さんから話は聞いてる」

こくりと頷くシエラ。

魔導学園というだけあって、編入試験には基礎知識のほかに《魔法学》といった科目があるという。

さらに――、

「実技試験では、うちの講師と模擬《もぎ》試合をしてもらうことになるわ」

「模擬試合?」

「そう。うふふっ、エインズさんの娘さんのあなたなら、うちの講師でも倒してしまうかもしれないわね」

「……倒したらまずい?」

「そんなことないわ。あなたの実力を測《はか》る意味でも必要なことだもの」

「それなら、わかった」

シエラの脳裏《のうり》に過《よぎ》るのは、エインズから渡されている『凡人《ぼんじん》ノート』。

基本的にはノートに従うつもりであるシエラは、模擬試合で本気を出すつもりはなかった。

けれど、ちょっとした疑問も残る。

（……どうして父さんは本気出しちゃいけないって言うんだろう？）

シエラには、その意図がわからない。

あまりに強すぎるシエラが本気を出してしまい、学園生活の中で周囲から浮かないように、という親心からエインズが残した文章だったのだが、シエラにはちゃんと伝わっていないようであった。

シエラには常識を身につける必要があり、それを学ぶ場所がまさにこの学園なのだが——そんなエインズの狙《ねら》いさえ、悲しいことにシエラには伝わっていない。

「うふふっ、明日が楽しみだわ。そうだ、宿の方はもう見つけたのかしら？」

「ううん、これから探すところ」

「なら、今日は寮の空《あ》いている部屋を使ってもらって構わないわ」

「！　いいの？」

「ええ、どのみち朝からここで試験をするのだから、ここにいた方がいいでしょう？　それとも、外でまだ何かやることがあるのかしら？」

「何もないよ。王都を見て回ろうかなって思ってたけど、別に明日以降でもいいし。じゃあ、今日はここに泊まらせてもらうね」

「是非《ぜひ》そうして。案内はさっきの女性……アリミア先生にしてもらうから」

アウェンダの言葉に頷くシエラ。

まだ入学が決まったわけではないが、明日の編入試験のためにここの寮で宿泊できることになった。

「ようこそ、シエラ・ワーカーさん――いえ、シエラ・アルクニスさん、ね」

「うん、そういう名前だった」

アルクニス――父が用意してくれた偽名《ぎめい》だ。

新しい名前というのはシエラにとって新鮮で、名前を呼ばれるとどこかむず痒《がゆ》い。

そんなことを考えていると、アウェンダはシエラの様子を見て微笑《ほほえ》みながら、ふと思い出したように尋《たず》ねる。

「うふふっ、そうだ。エインズさんに渡しておいたんだけれど、きちんと教材で勉強はしてきたのかしら？」

「勉強？」

「あら、エインズさんにお渡ししたはずだけれど……」

「……そうなんだ、じゃあ大丈夫」

「本当に？」

「うん」

アウェンダの問いかけにそう答えるシエラ。

実のところまったく勉強などしていないし、もちろんこの後も勉強するつもりなど微塵《みじん》もないのだが……。

試験勉強を一切しないまま編入試験を受けるのは、シエラが初のことだろう。

――そして、明日の試験でもまた、シエラは学園史上初の事件を起こしてしまうのだった。

06 シエラ、試験を受ける

《ロウスタ魔導学園》の講師の一人――ホウス・マグニスは試験会場で待機していた。

主に生徒の魔法の訓練に使う練武場を、試験会場としている。

この魔導学園において講師を務める者の多くは、魔導師として実績を残した者ばかりだ。

ホウスもその一人であり、彼は実際に戦場でも活躍したことがあった。

《紅髪《こうはつ》》のホウスと言えば、名の知れた魔導師である。

筋肉質な身体《からだ》つきは、一見すると魔導師には見えないと言われていた。

そんなホウスが、欠伸《あくび》をしながら同じく近くに待機している試験官の女性に声をかける。

「なあ、この試験……やる必要あると思うか？」

「え、どういうことですか？」

「どういうもこういうもよ、そのままの意味だろ。これから来る……なんてったっけ」

「えっと……シエラ・アルクニスさんですか？」

紙に記載されている名はシエラの名前だが、姓はアルクニスと表記されている。

これはあらかじめ用意されていた偽名《ぎめい》なのだが、試験会場にいる二人は知る由《よし》もない。

「そう、そのシエラって娘よ。昨日侵入者として捕まったっていう話を聞いたときからおかしいと思ってたけどよ、筆記試験——合計で半分もいってないらしいじゃねえか」

すでに、シエラが筆記試験を終えた後のことだった。

会場にいる試験官にもその結果が伝えられている。

シエラの試験の結果は、筆記の時点で不合格とされるレベルだった。

筆記試験の合格基準は、八割以上正解が基本だ。

一般的な知識を問う試験から始まり、歴史や語学といった学園の授業にもある科目をそれぞれ百点満点で採点する。

だが、シエラは合計でも二割程度の点数しか取っていない。

歴史に至《いた》っては全問不正解だ。

「一応、《魔導学》や《魔物学》の知識に関しては突出しているようですが……」

「そんな偏《かたよ》った知識だけじゃどうにもならねえだろ。何のための試験だと思ってんだ」

「ですが、学園長が……」

「そうなんだよなぁ」

筆記試験の時点で不合格であるというのに、学園長であるアウェンダがシエラの模擬《もぎ》試合を見てみたいと言い始めたのだ。

他ならぬ学園長自身が連れてきたと言ってもいい受験者だ。

それに異を唱《とな》える者はいなかったが、当然疑問に思う者も多い。

「連れてきた手前、合格させてやりたいってところなのかねぇ。そういうの、俺はどうかと思うんだが」

「さすがに試験は真っ当に行っていますので、それはないかと思いますが……」

筆記試験の時点で不合格――その事実は覆《くつがえ》らないだろう。

ホウスを始め、多くの講師たちはそう思っている。

実際、練武場の観客席で模擬試合を見ようとしているのは学園長を含めてごくわずかだった。

呑気《のんき》に笑顔を浮かべているアウェンダを見て、ホウスはため息をつく。

その時、試験会場にシエラがやってきた。

長い銀髪を後ろで結び、軽装でホウスの前にやってくる。

一応、試験官と模擬試合する上で怪我《けが》のないよう配慮がされる。

シエラもいつものごとく、軽装ではあるが魔法的な防御《ぼうぎょ》効果の高い装備を身につけていた。

試験官の女性がシエラのもとへと向かう。

「シエラ・アルクニスさんですね？」

「うん」

「まずは筆記試験、お疲れ様でした。次は模擬試合という形――」

「そのあたりの説明はいいだろ、別に」

「ちょ、ホウスさん!?」

ホウスの言葉を聞いて、シエラが不思議そうに首をかしげる。

自分の置かれている状況にはまるで気づいていないようだった。

(とっくに不合格だってんだよ、お前は)

すでに落ちた人間の試験をするなど面倒《めんどう》でしかない――ホウスはそんな風に考えていた。

最初から正当に評価する気もなく、適当にあしらって終わらせるつもりだった。

(軽く流して終《しま》いにするか)

「さっさと始めるぜ、シエラ」

「ルールとかあるって聞いたけど」

「……口の利《き》き方も知らねえみたいだな。ルールはないんですか？　だろ」

威圧《いあつ》するように言うホウスだが、シエラは特に気にする様子もない。

所詮《しょせん》は田舎《いなか》娘か――ホウスはシエラのことを鼻で笑う。

「ルールなんざねえよ。お前が俺を倒せたら合格……倒せなかったら不合格、それでいいだろ」

「ホ、ホウスさんっ！　いくらなんでも――」

「うるせえ、担当の試験官は俺だ」

「あなたを倒せばいいってこと？」

「そういうことだ。何したっていいぜ。本気で来いよ」

「！　え、本気で……？」

今まで感情の起伏《きふく》に乏《とぼ》しかったシエラが、わずかに動揺するのが見える。

本気という言葉に何故《なぜ》か反応していた。

『凡人《ぼんじん》ノート』には本気は出さないようにって書いてあったし……」

「何言ってやがる？」

「えっと、少しだけ本気出す、ってことでいい？」

「……舐《な》めてんのか？」

ホウスの苛立《いらだ》ちが強くなる。

少しも何も、天地がひっくり返ったとしてもシエラがホウスに勝てることなどあり得ない
──そう考えていた。

ひらひらと手を振って、ホウスは言い放つ。

「あー、もう何でもいい。おい、試合開始の合図だ」

「え、えっと……」

女性の試験官はちらりと学園長の方を見る。

相変わらず笑顔を浮かべたまま、学園長は頷《うなず》き返した。

試合を始めても問題ないということだ。

「そ、それでは、これより模擬試合を開始しますっ」

女性の試験官が手を上げる。

ホウスは構えることもなく、シエラを見た。

シエラも構える様子はない。

（……はっ、俺がいきなり動かねえとでも思ってんのか）

「──試合開始！」

「《ヘル・ブレイズ》ッ！」

「え!?」

驚きの声を上げたのは、試験官の女性だった。

突如《とつじょ》、ホウスの前に出現したのは、九つの枠組《わくぐ》みで分割された《方陣術式《ほうじん》》。

方陣内にそれぞれ魔法効果の紋章《もんしょう》を描き、魔力を介《かい》して発動する──それが魔法だ。

炎の紋章、操作の紋章、分散や回転──様々な効果を付与《ふよ》することで魔法の効果を引き上げる。

ホウスは構えていないようで、試合開始前からすぐにでも発動できるようにそれを仕込んでいた。

《ヘル・ブレイズ》──炎系統の魔法としては上級に値《あたい》するもので、およそ試験で使われるような代物《しろもの》ではない。

合格させる気などまったくないと、そう思われても仕方のないレベルだった。
燃え盛る炎が方陣術式を介して出現し、シエラの方へと向かう――
「っ!?」
次の瞬間、ホウスは目を見開いた。
試合開始の合図と同時に魔法を発動した。
それで試合は終わりとなる。
そのはずだったのに――ホウスの目の前にシエラが立って、拳《こぶし》を振り上げていたのだ。
「少しだけ本気で、いくよ？」
シエラの拳がホウスの腹部へと叩《たた》きこまれる。
それは魔法でも何でもないが、魔力を乗せた強い一撃。
ホウスの身体が宙に浮かぶと、そのまま勢いよく吹き飛ばされていった。

07 シエラ、試験を終える

「シエラ……例《たと》えば町で暴漢に襲《おそ》われた時、お前ならどうする？」

父――エインズはふとそう問いかけてきた。

とある戦地で、エインズと共に戦争に参加している時のことだった。

シエラは首をかしげながら、

「ぼーかん、って何？」

「おっと、そこからか。そうだな……悪い人というか、まあ盗賊《とうぞく》とかそういうの」

「んっと、切り殺す？」

「そうだね、父さんの例えが悪かったね。それなら当然切り殺すよね。父さんだってそうする」

「……違うの？」

このエインズの教育方針だからこそ、シエラは今のように育ってしまったのだが――それでもエインズは、いつかシエラが戦場以外の世界でも生きていけるように、教えるべきことは教えようとしていた。

「重要なのは、町中《まちなか》ってところかな。仕事以外では、極力人を殺してはいけないよ」

「えっ、そうなの？」

それはすごいことを聞いた、という表情でシエラがエインズを見る。

「そうさ。必要に応じて切り分ける必要がある」

「切り分ける？」

シエラがエインズと同じ《赤い剣》をぶんぶんっ、とその場で振りまわす。

「父さんの言い方が悪かったね。使い分ける、だね……………剣で制圧するのはシエラには難しそうだから、この戦闘では一ついい技《わざ》を教えてあげよう」

「技？　剣術じゃないの？」

「剣術はもはや父さんに並ぶからね。誇っていいよ」

話している二人の前に、鎧《よろい》を着込んだ兵士たちが近づいてくる。

ザッ、ザッと足音が大きくなってくるが、二人は逃げるような素振りも見せない。

エインズが拳《こぶし》に魔力を集中させる。

「！　なにそれ」

興味深そうにシエラがエインズを見る。

普段何事にもあまり興味を示さないシエラだったが、戦いに関《かか》わることだけは別らしく、興味津々《しんしん》といった様子でエインズを見た。

エインズは頷《うなず》いて答える。

「よく見ていなさい、これが魔力を使った格闘術だよ」

エインズが数百人の兵士で構成された中隊へと走り出す。

兵士たちもエインズの存在に気づいた。

だが、反応するよりも早くエインズが距離を詰める。

格闘術──エインズが拳を振るい、相手をぶん殴るような動きを見せる。

通常の物理攻撃とは違い、魔力の乗った一撃はケタ違いの威力《いりょく》を発揮《はっき》する。

次々と吹き飛ばされていく兵士たちを見て、シエラは呟《つぶや》く。

「切り殺すじゃなくて殴り殺すってことなのかな？」

──その発想は、後々エインズによって訂正《ていせい》された。

＊＊＊

試験会場では、学園長のアウェンダすら、驚きの表情を浮かべていた。

「い、今のは一体……？」

「魔力を使った格闘術……のようですが、うふふっ、規格外なものね」

驚く他の講師たちに対してそう言うアウェンダ。

「がっ、ごほっ……」

腹部を押さえながら咳《せ》き込むホウス。

それを見て、シエラは満足そうに頷く。

(うん、うまくいった)

本来ならばここで確実に仕留《しと》めるために追撃《ついげき》をする――それが戦場における鉄則ではあるが、今回は殺さないようにするのが正解だ。

シエラが駆け出した勢いで、先ほどまでいた場所の地面は大きく割れている。

少しでも加減を誤《あやま》れば、ホウスは間違いなく死んでいただろう。

ここにエインズがいたら褒《ほ》めてくれるだろうか――そんなことを考えていると、

「《ヘル・ブレイズ》……ッ」

再びホウスが魔法を発動する。

シエラの周辺の熱量が上がり、燃え盛る炎が出現する。

「ホ、ホウスさん!?」

「まだ始まった、ばかりだろうが……ッ」

息も絶え絶えの状態で、それでもホウスはシエラに対し魔法を放とうとする。

(……もう一発かな)

グッと地面を踏み締めるが、その時足元の違和感に気づく。

ズブリと、足が地面の中へと沈んでいた。

ホウスが炎系統の他に、もう一つ魔法を発動していたことに気づく。

《二重魔法》……）

同系統の属性ではなく、二種の魔法を発動できるのは魔導師でもごく稀《まれ》だ。

少なくとも、ホウスがそれだけの実力を持っているということはシエラにもすぐ理解できた。

ホウスの狙《ねら》いは、シエラの踏み込みからの強力な一撃を封じることだろう。

足を取られたシエラはバランスを崩《くず》す。

「食らえや……！」

もはや試験という段階ではない――そんな威力の業火《ごうか》がシエラを襲った。

会場内を熱気が覆《おお》い尽くしていく。

その炎はまともに受ければ火傷《やけど》で済むレベルのものではないが、

「これで――なっ⁉」

ホウスが目を見開く。

燃え盛る業火を振り払ったのは、その炎よりも真っ赤な剣――シエラは無傷で炎の中から出てきた。

観客席にいた講師が驚きの声を上げる。

「！　あれは、《装魔術》では……⁉」

「魔力を武器のように具現化《ぐげんか》させる魔法術式の一つですね。うふふっ、授業で習うような類《たぐい》のものではないけれど……」

魔力を物質化させる《装魔術》――それは魔法の到達点の一つだった。

シエラはこれを、エインズから教わった。

エインズに比肩《ひけん》するほどの才を持つシエラでも、会得《えとく》するまでに多少の時間を要したのだが、今では自在に操《あやつ》れるまでになっている。

「魔力の塊《かたまり》みたいなものだから魔法も切れる――そう父さんは言ってた」

「ふざけんな……ッ！　受験生のレベルじゃねえだろうが！」

毒づきながらホウスがアウェンダの方を睨《にら》む。

アウェンダは軽く首を横に振っていた。

何のやり取りかシエラにはわからなかったが、

「あなたを倒すまでが試験……だったよね？」

「ッ⁉」

シエラが一歩、踏み出す。

ここからでも剣を振るえばホウスを倒すことができる――だが、それでは加減ができない。

「う、おお！」

ホウスが炎の弾丸を放つ。

だが、それを軽々と切り払っていくシエラ。

その距離はもう、剣の届くところにまで迫っていた。

シエラが赤い剣を振り上げる。

「ま、待てッ！　お、俺の負けだあぁッ！」

ホウスがそう宣言すると、ピタリとシエラの剣が止まった。

ホウスの鼻先に、振り下ろされた切っ先が静止していた。

(父さんに教わった方法……役に立ってるなぁ。こうやって人は脅《おど》す、って言ってたからやってみたけど)

「じゃあ、わたしは合格ってことだよね？」

「え、えっと……？」

女性試験官が困った表情をして、観客席のアウェンダの方を見る。

シエラもまたアウェンダの方を見ると、最初に出会った時のように優しい微笑《ほほえ》みを浮かべていた。

「し、試験はこれで終了とします！　え、えっと……」

女性試験官が再びちらりとアウェンダの方へと視線を送る。

その視線に応《こた》えるように、アウェンダが頷いた。

「その資質に問題なしと判断します。シエラ・アルクニスさん――合格です！」

「やった」

シエラは少しだけ嬉《うれ》しそうな表情を浮かべる。

魔力でできた剣は、試験終了と同時に霧散《むさん》して消えていった。

学力試験で不合格が確定していたシエラは――模擬《もぎ》試合で試験官を倒すという前代未聞《ぜんだいみもん》の結果を出し、合格を勝ち取ることになったのだった。

08 シエラ、合格する

まだ新学期も始まったばかりの編入生ということもあり、シエラの入学手続きは早々に行われることになった。

シエラ・アルクニス——ワーカーという名を伏せて、シエラは学園に通うこととなった。

学園長室で改めて結果を伝えられたシエラの前には、にこやかな表情のアウェンダがいた。

「まずは合格おめでとうね、シエラさん」

「うん、ありがと」

「うふふっ、良いものを見せてもらったわ」

「良いもの？」

「あなたの模擬《もぎ》試合のことよ。戦い方はエインズさんから教わったのよね？」

「そうだよ。わたしの知ってることは全部、父さんから教えてもらったことだもん」

こくりと頷《うなず》くシエラ。

知識も技術も、全《すべ》てエインズから受け継いだものだ。

「うふふっ、他の生徒にも良い刺激になると思うわ。書類のほとんどは私の方でも用意しているから、明日からでも早速《さっそく》通ってもらおうと思っているのだけれど、それで構わないかしら？」

「うん、わたしはいいよ」

「時間がある時にでも王都の町を歩いてみてはどうかしら。きっと、いい経験になると思うわ」

「そうする」

シエラ自身、王都をもっとよく見てみたいとは思っていた。

――だが、王都で別に何かしたいことがあるわけではない。

強《し》いて言えば友達を作ることくらいだろうか。友達作りはエインズに言われたことではあるが、シエラだって友達には少なからず興味がある。

（友達、できるといいな）

酒場や食事の席で仲間に囲まれて笑うエインズの姿が、シエラの脳裏《のうり》を過《よぎ》る。自分にもああいった友達ができるなら、それはきっと悪いことではないはずだ。

明日は朝にまた学園長室に出向いたとき、編入予定のクラスに紹介するとのことで、シエラは宿泊している寮の方へと戻ることになった。

アウェンダ曰《いわ》く、昨夜使ってもらった空《あ》き部屋をそのままシエラの寮の部屋にしようと考えている。

特段荷物もないシエラとしては、どの部屋でも構わないと了承《りょうしょう》した。

そうして、寮に戻る途中――学園の廊下で一人の男とすれ違う。

先ほど、シエラの試験を担当したホウス・マグニスだ。

「……覚えてろよ」

「……？」

（あの人……何て名前だっけ）

他人にほとんど興味のないシエラが、試験官の名前など覚えているはずもない。

去っていくホウスの方をちらりと見たが、そのままシエラは寮の方へと戻っていった。

＊＊＊

「あれをこの学園に入れるなんて、正気なんですか？」

ホウスが学園長室に入ると同時に言い放ったのは、そんな言葉だった。

アウエンダはホウスの言葉に対して頷くと、

「筆記試験は確かに不合格でしたが……模擬試合で勝利したら合格と約束してしまったのはあなたですよ。マグニス先生」

「そ、それは……」

「それに、優秀な人材を学園に引き入れることに何の問題がありますか。それとも、あなたが負けたからこの学園に入れるな――とでも言うおつもりですか？」

「……っ」

ギリッと奥歯を噛《か》みしめて、ホウスがアウェンダを睨《にら》む。

アウェンダは微笑《ほほえ》みを浮かべたまま、ホウスに言う。

「これを機に、生徒としっかりと向き合ってくだされぱと思っています。あなた自身、優秀な魔導師なのですから」

「……わかりましたよ」

ホウスはそう答えて、学園長室を後にする。

アウェンダがホウスを試験官に任命したのは、この結果が見えていたからなのかもしれない。

アウェンダはシエラを利用して、ホウスに対し警告を発したのだ。

優秀な魔導師である一方で、不遜《ふそん》な言動が多いホウスは、講師としては一流とは言い難《がた》い。

ただ、そこさえ直せば講師として優秀な人材になる――アウェンダはそう考えているのかもしれない。

だが、当の本人はシエラに対する恨《うら》みを募《つの》らせていた。

あの場にいた講師陣はほんとわずかだったとはいえ、人前であのような恥《はじ》をかかされたのだ。

（あのボケっとした面《つら》……泣き顔にするだけじゃ済まさねえ）

怒りに満ちた表情で、ホウスはそんな決意を固めるのだった。

09 シエラ、寮生と出会う

試験を終えたシエラは、女子寮にいた。

学園にある寮のうちの一つで、すでに生徒たちに目撃されていたシエラは編入生だろうと、噂《うわさ》が立っているようだった。

——とはいえ、すぐに話しかけてくるような人もいない。

どこか浮世《うきよ》離れした容姿のシエラを、誰もが遠巻きに見ながら話の種《たね》にしているだけであった。シエラにしても、エインズ以外の他者とコミュニケーションを取った経験が極端に乏《とぼ》しいため、自分から話しかけたりすることは、基本的にない。

そのため、結局寮の自室で静かに過ごすことになった。

そうして、日が暮れていく。

夜——シエラが向かったのは、屋上だった。
(今日は外で寝ようかな)

軽く跳《と》んで屋上にある階段室の上に上がったシエラは、心地の良い夜風に目を細める。

——シエラは元々傭兵《ようへい》だ。

野営などは日常茶飯事《さはんじ》で、基本的にタフでなければやっていけない生活をしてさている。

可愛《かわい》らしいシエラの姿からは想像できないことだが、危険な場所で眠ることにも慣れていた。

（うん。今日はここで寝よう）

そうシエラが決めた時、近づいてくる足音が耳に届く。

キィ、と屋上の扉が開いた。

——月明かりに照らされてやってきたのは、長いブロンドの髪の少女だった。

横顔でもわかる端正《たんせい》な顔立ち。

藍色《あいいろ》の瞳《ひとみ》が空を見上げると同時に、シエラの姿を捉《とら》えた。

その少女は、泣いていた。

目を見開いて、少女はすぐに自身の涙をぬぐう。

「……っ、あ、貴方《あなた》……！　何でそんなところに！」

「夜風が気持ちいいから」

シエラは階段室から飛び降りて、少女の前に立つ。

ふわりと、身のこなしは軽く、音もしない。

驚きを隠せない様子の少女だったが、気を取り直すように顔を振り、シエラに問いかける。

「貴方、確か……昨日から寮に来ている子ね」

「うん、シエラ──シエラ・アルクニスだよ」

シエラ・ワーカーと、本名を言いかけたところで言い直す。

シエラはこの学園ではエインズの娘ではない。

田舎《いなか》から来た世間《せけん》知らずの娘という設定になっていた。

今後シエラの実力が露見《ろけん》してしまった際に『世間知らずの田舎娘』で押し通せるかといえば、難しいのだが……。

「シエラさん、ね。名前でいいかしら？　その方が呼びやすいから」

「うん、その方がいい」

「……？　まあ、いいわ。私はアルナ・カルトール。ここの寮生よ。それで、貴方はここで何をしているのかしら……？」

「アルナ……うん、覚えた。さっきも答えた通り、夜風が気持ちいいからだよ？」

それ以上でもそれ以下でもない、といった風に答えるシエラ。

アルナは訝《いぶか》しげな表情でシエラを見たが、やがて納得したように頷《うなず》いた。

「……それが本当に答えってことね。じゃあ改めて聞くけれど、ここにいるのは──この学園に編入するってこと、かしら？」

「うん、今日合格した」

しれっと答えるシエラに対し、アルナは品定めするような視線を送る。

今日合格して、明日から通う予定になっている。

シエラのその言葉を聞いて、アルナは何かを考えているようだった。

「そう……まあ、合格できるだけの実力はあるってことかしら。わからないことがあれば聞いて頂戴《ちょうだい》。仮にも同じ寮生なのだから、知ってることなら教えてあげるわ」

「いいの?」

「ええ。……カルトール家の娘として当然よ」

そう口にしたアルナだったが、その表情に一瞬だけ影が差した。

それにシエラは少しだけ疑問を感じつつも、事情を知らないまま聞くわけにもいかないため、ひとまず真っ先に思いついた『わからないこと』に関して質問した。

「じゃあ――どうして泣いてたの?」

「っ!」

暗い中でも、シエラにはしっかりとその涙が見えていた。

アルナは戸惑《とまど》いの表情を見せる。

ばつが悪そうな表情で、アルナは答える。

「別に、泣いてなんていないわ」

「あれ、そうだった?」

「……そうよ。そういう話ではなくて、もっとこの学園について知りたいこととかないのかしら？」

「うーん……あんまりないかも」

それこそ、学園に来たはいいが興味のあることは見つけられていない。

シエラが素直にそう答えると、アルナはくすりと笑い、

「そう……まあ、気になることがあれば聞いて、ね。それじゃあ、夜は冷えるから貴方も早く部屋に戻りなさいな」

そう言い残して、アルナは屋上を去っていった。

シエラはそのまま屋上で横になる。

今日は部屋ではなく、ここで寝ると決めていたからだ。

「あ、友達の作り方、聞けばよかったかな」

シエラはそんなことを口にした。

（……でも、いっか。同じ寮にいるんだし、またすぐ聞けるかな）

また会う機会もあるだろう――と、シエラは少女の名前を思い出す。

（アルナ……アルナ……なんだっけ？）

名前は覚えたが、姓までは覚えきっていなかった。

ただ、彼女の泣いている表情が脳裏《のうり》を過《よぎ》る。

それと同時に、去り際に見せた微笑《ほほえ》みもまた、シエラは思い出していた。
(泣いてるより、笑ってる顔の方がよかった)
そんな感想を、シエラは抱く。
アルナ・カルトール――シエラがこの学園で初めて話した、同い年の少女だった。

10 シエラ、紹介を受ける

翌朝――シエラは再び学園長室にやってきていた。

「うふふっ、よく似合っているわ」

「……ありがと」

学園指定の白のシャツに緑色のブレザーを着たシエラが立っている。

褒《ほ》められて、少しだけ嬉《うれ》しそうな表情をするシエラ。

いつもは仕事のことでエインズが褒めてくれるくらいだったし、こうして服を着て褒めてもらうという経験はほとんどなかった。

それに、スカートというのも経験したことがない。

ヒラヒラとスカートをめくるようにして確かめる。

「それは校内でやってはダメよ？」

「どうして？」

「風紀が乱れる、とでも言うのかしら」

「……ふーき？」

「うふふっ、そういうことも学んでいければいいわね」

アウェンダは笑顔でそんなことを言う。

学園長室での話も程々に、シエラは講師の一人に案内されて教室へと向かう。

校舎内は広く、シエラは時折外を見ながら場所を把握《はあく》する。

こういった建物の構造を把握するのは、シエラの得意とするところだった。

しばらく歩いたところで、とある教室の前で待機させられる。

「フェベル先生、連れてきました」

「お、ありがとね。後はこっちで受け持つからさ」

教室から出てきたのは——第一印象で言うと胸の大きな女性だった。

肩にかかるくらいの赤みがかった髪。

少しつり目な感じだが、声の印象では快活《かいかつ》な印象を受ける。

「あなたがシエラさんね。あたしはコウ・フェベル。あなたのクラスの担任よ」

「コウ……覚えたよ」

「あははっ、そこはせめて先生とかつけるところだよ」

ぐしぐしと頭を撫《な》でられて、シエラの視界が揺れる。

シエラはコウの言うことには従い、

「コウ先生？」

「はい、素直でよろしい。じゃあ、紹介するから教室に入ってね」

促《うなが》されるまま、シエラは教室内へと入っていく。

教室内には、およそ二十人程度の男女がいた。

——視線が一斉《いっせい》にシエラに集中する。

同時に、教室がざわつき始めた。

「え、あの子がマグニス先生を……!?」

「どんなごつい奴《やつ》が来るのかと思ったら……」

「すごい美人さん……」

「はいはい、各々《おのおの》感想を述《の》べたい気持ちはわかるけど、それは後《のち》ほど本人にでも伝えてねー」

コウの言葉と共に、教室内が静まり返る。

シエラが講師であるホウス・マグニスを倒して合格した——その事実が、すでにクラス中に広まっていたのだ。

練武場を覗《のぞ》いていた生徒が広めて回ったのだろう。

編入試験が行われたあとではよくあることなのかもしれない。

シエラはそのとき、教室の隅《すみ》にいる一人の少女と目が合う。

そこにいたのは、昨晩屋上で出会った少女——アルナだった。

アルナは何故《なぜ》か、思い詰めたような表情でシエラを見ている。

（……？　昨日と何か、雰囲気《ふんいき》が違う？）

そういう微妙な変化には、シエラは敏感だった。

別に、敵意を感じるというわけではない。

何となく緊張している、という雰囲気だった。

「――というわけで、今日からこのクラスに加わることになったシエラ・アルクニスさんね。まあ色々と噂《うわさ》は広まってるみたいだけど、この子は田舎から出てきたばかりの子だから、あたしがいないところでも面倒《めんどう》見てあげるように。シエラさん、それじゃ自己紹介やっていいわよ」

「自己紹介？」

「そうそう、適当にさ」

「……シエラ・アルクニス、だよ？」

「あははっ、そこはあたしが紹介したところじゃないの」

そう言われても、とシエラは困ってしまう。

別段話すようなこともない――そう思っていたが、昨日確認した『凡人《ぼんじん》ノート』にこういう場面で言うべきことが書かれていた。

「えっと、父さんとはよく色々なところを冒険？　したから、そういう話なら、できるよ」

傭兵《ようへい》時代のことを冒険というように言い換えたのだ。

クラス内でも意外と受けはよく、

「冒険だってよ！」

「え、なになに？　冒険!?」

「私たちと同い年なのにすごいね！」

「どこ行ったことあるの？」

だんだんと生徒たちが騒ぎ出す。

冒険という言葉に何やら反応しているようだった。

きっと王都から出た経験がない者が多いのだろう。

「色々と、行ったよ。他の大陸とかにも」

エインズと共に数え切れないほど多くの場所に行ったシエラは、咄嗟《とっさ》に特定の場所を挙げることができなかった。

だが、それでも生徒たちは興味津々《しんしん》といった様子で「どこどこ？」と質問を続けてくる。

それを制したのは、コウだった。

「はいはい、質問タイムは授業が終わった後にしてね。じゃあ席は……アルナさんの隣ね。色々と面倒見てあげて」

「っ！　わ、わかりました」

指名されたアルナは、どこかぎこちない返事をした。

シエラが自身の席に着くと、

「……同じクラスだとは思わなかったけど、貴方《あなた》の話は聞いているわ。よろしくね、シエラさん」

「うん、よろしく」

話してみると、別段変わった様子はない。

気にしすぎだったのだろうか――そう思っていると、

「じゃあ編入生も加えたところで……授業始めるわよー。シエラさんはわからないことがあったら何でも聞いてね」

「うん、わかった」

早速《さっそく》始まる授業は世界の歴史に関《かか》わる授業――当然のごとく、シエラには何もわからなかった。

II　シエラ、ドラゴンとの戦いを思い出す

シエラはこと歴史に関《かか》わる授業については壊滅的であった。

そのほか文学系も不得意であり、計算などもからっきし。

どうやって編入試験を合格したのかと疑問を呈《てい》されるレベルではあったが――全《すべ》てが不得意というわけではない。

「《アルマ・ガル》は甲殻《こうかく》が非常に硬《かた》い魔物で、魔法における攻撃の方が有効。特に下からの地属性系統の魔法が有利。ただし、アルマ・ガル自身も土に潜る特性があるから、そこについては注意が必要――」

ペラペラと話しているのは、本日の授業がほとんど壊滅的だったシエラ。

今受けているのは《魔物学》の授業だった。

シエラは魔物に関しては博識というレベルを超えていて、クラスメートも驚きを隠せない。

「はい、完璧《かんぺき》です。素晴らしいですね、アルクニスさん」

担当の講師に褒《ほ》められて、こくりと頷《うなず》くシエラ。

　そのままシエラは席に着く。

　近くのクラスメートが、シエラに声をかけてくる。

「す、すごいね、シエラさん。魔物に関してはあんなに詳《くわ》しいんだ」

「うん。仕事――じゃなくて、冒険のおかげ」

「今度その冒険の話も聞かせてよ」

「いいよ」

　こうして話しかけられる分については問題なく受け答えできるシエラ。

　授業はまた、別の魔物の話になる。

「はい、地上において最も強い魔物は《ドラゴン》と見られています。もちろん、ドラゴンも種類は豊富で、数の少ない《ネームド》というドラゴンはその強さも圧倒的と言われています」

（ネームド……父さんと一緒に戦ったやつかな？）


――授業を受けていてそんなことを考えるのはシエラくらいだろう。


　それはおよそ三年前の話。

　別の大陸で災厄《さいやく》とも呼ばれていたドラゴン――《ウル・ヴァーシュ》というネームドのドラゴンとの戦いのときだ。

「小国が寄せ集めた軍隊程度ではまるで歯が立たない——それがあのウル・ヴァーシュというドラゴンだ。シエラはドラゴン、初めてだったよな？」

「うん、初めて戦うよ」

これからドラゴンと戦うというのに、呑気《のんき》に応《こた》えるシエラ。

「俺でもミスをすれば死ぬ可能性のある相手だ。結論から言えば、まともにぶつかって勝つ必要はない」

「どういうこと？」

「そもそも、ドラゴンと真正面から戦って勝てる人間はそうそういないからね」

「……父さんも勝てないの？」

「いや、父さんは勝てるが、勝つにはある程度段階を踏む必要があるのさ」

「よくわからないけど、まともには戦わないってこと？」

「そういうこと。ウル・ヴァーシュは一度獲物《えもの》だと認識した者を死ぬまで追い続けるという。これから父さんとシエラは獲物になりに行くわけだけど、それは引き付けるっていうことだからね」

「そうなんだ。じゃあ、ずっと逃げる？」

「シエラは身の危険を感じたらそうしなさい。俺はもちろん、殺すつもりでいくけどね」

ドラゴンに対してそんな風に宣言できるのは、この世でも数えるほどしかいないだろう。

シエラは首を軽く横に振り、

「父さん一人だと危ないから、わたしも最後まで戦うよ」

「シエラはまだ《装魔術》も長時間使えないだろう。戦っていいのは、それが維持《いじ》できる時間だけだよ。それ以上は危険だから逃げなさい」

「……わかった」

シエラはエインズの言葉に頷く。

この頃のシエラは、エインズ並みの強さを持っていたがまだ持久力に難があった。

この数カ月後には克服される問題ではあったが。

不意に、地鳴りのような音が周囲に響いた。

「オオオオオオオオオオオオオッ……」

それが地鳴りではなく、魔物の声だということはシエラにもすぐわかった。

空を覆《おお》う暗闇《くらやみ》――ウル・ヴァーシュ。

漆黒《しっこく》の鱗《うろこ》に覆われ、その体長は百メートルを超えるほど。

体の大きさは、端的《たんてき》に生物的な強さを象徴する。

あの巨体が降り立てば、それだけで町を滅ぼせるほどの強さがあるのだ。

「来たな……行くぞ、シエラ！」

「うん」

エインズが空めがけて、魔法を放つ。

雷属性系の魔法――《グレイ・ライトニング》。

灰色《はいいろ》の雷が空へと駆けあがり、ウル・ヴァーシュの身体《からだ》に直撃する。

「グオオオオオッ！」

痛みがあるのか、呻《うめ》き声が周囲に響いた。

羽をばたつかせると、近くの森の木々がなぎ倒されるほどの威力《いりょく》がある。

そんな中を、エインズとシエラは駆けていた。

「いいか！　あいつの弱点はそのサイズにある！　図体《ずうたい》がでかい分動きが遅いんだ！　とにかく疲れさせること――そこから始めるぞ！」

「わかった！」

およそ数時間にも及ぶ死闘の幕開け――授業中に、シエラはそんなことを思い出していた。

たった二人の人間に滅ぼされることになるとは、ウル・ヴァーシュも想像していなかっただろう。

一撃、一撃が命を奪い合うような死闘の結末は、エインズとシエラの勝利に終わったのだった。

（……もう一回戦いたいな）

ドラゴン相手にそんなことを考える少女は、世界中を探してもシエラくらいのものかもしれない。

「ウル・ヴァーシュというネームドのドラゴンは数年前、別の大陸で討伐《とうばつ》されたという報《しら》せがありまして……おそらくそれが観測史上初の出来事になると思います」

(あ、父さんの話だ)

生徒にとっては想像もできないような英雄譚《たん》であったが、シエラにとっては身近な出来事であり、懐《なつ》かしさすら覚える授業になったのであった。

12 シエラ、怒られる

「ねえ、シエラさんって魔物とかと戦ったりしてたの？」

「うん、まあ戦ってた」

「どんなやつ？」

「大きなのから小さいのまで色々と」

本日最後の授業は移動教室で、移動中――もとい、休み時間はシエラに質問が集中した。

シエラが編入したのは学園の一年――クラスメート同士、気の合う人がいないか探しているような時期だった。

傭兵《ようへい》だったことは言わないようにと、エインズから言われている。

シエラはある程度はぐらかすような言い方をしていたが、

「次の授業ってマグニス先生が担当じゃないっけ？」

「あー、シエラさんが倒したって噂《うわさ》の……本当に倒したの？」

不意にクラスメートがそんなことを口にする。

シエラは特に迷うことなく頷《うなず》いた。

「マグニス……？」

「ホウス・マグニス先生！　試験官だったたって話だよ」

「うん、倒したら合格だって言われたから」

「うへぇ、あの人言いそう……」

「……というか、講師の人倒しちゃうなんてレベル違い過ぎない？」

そういうことになるのか、とシエラはクラスメートの話を聞いて理解する。

思えば、『凡人《ぼんじん》ノート』にも手加減するようにと書いてあった。

（加減が足りなかったのかな……？）

そんなことまで考え始めるシエラ。

練武場に到着すると、そこではすでに準備を終えたホウスが待ち構えていた。

ホウスの担当授業は、魔法の実技。

彼はやってきた生徒たちに向かって、開口一番《かいこういちばん》宣言した。

「今日は実戦を踏まえた対人形式での授業にする」

「た、対人形式って……私まだ魔法もそんなに――」

「使える魔法だけでやれ。魔法の使い方ってのは戦いで勝敗を分ける重要な要素だ」

生徒の一人の言葉をピシャリとはねのけるホウス。

「戦いでって……」

「別に私たち戦うために魔導学園に入ったわけじゃないんだけど……」

生徒たちが、不安そうにざわつき出す。

「……シエラさん」

唐突《とうとつ》に話しかけてきたのは、アルナだった。

何やら神妙《しんみょう》な面持《おもも》ちで、シエラと向き合う。

「……？　どうしたの？」

「その、この授業では対人形式ということだから、私と――」

「そいつは特別枠《わく》だ。俺とやる」

「え……？」

シエラとアルナの話に割り込んできたのは、講師のホウスだった。

ホウスは睨《にら》みつけるようにシエラを見る――その目には、わずかだが殺意が滲《にじ》んでいた。

ここが戦場であれば、ホウスのことを切り捨てるシエラだが、この場所ではそういうわけにもいかない。

シエラはこくりと頷くと、

「いいよ、どうすればいいの？」

「これを使え」

渡されたのは鉄製の剣――だが、刃がない。

人を斬《き》る目的ではなく、あくまで訓練用であることがわかるものだった。

シエラも幼《おさな》い頃はよく、エインズと木造の剣を打ち合わせたものだ。

大きくなってからは常《つね》に本気であったが。

「これで戦うってこと？」

「いや、お前の実力はよくわかってるからな……守りの練習、とでも言おうか」

「守り……？」

「ああ、あの剣に頼ったような守り方だけじゃないってことを、教えてやろうと思ってな」

明らかに含みのある言い方だったが、シエラはこくりと頷いてそれを了承《りようしよう》する。

授業だというのに、気づけば向き合った二人を生徒たちが静観していた。

「……マグニス先生って剣も使えるの？」

「さあ……？　というか、魔法の練習なの、これ」

そんなことをひそひそささやき合っている者もいる。

「お前はとにかく俺の攻撃を防ぐことだ。反撃はするな」

「わかった」

ホウスの言葉に頷くシエラだったが、明らかに違和感のある条件だ。

それに、鉄製の剣も持った時点で違和感があった。

「いくぞッ！」

考える暇《いとま》もなく、ホウスが駆け出す。

魔導師であるはずのホウスの繰り出す剣撃は――シエラなら問題なく捌《さば》けるものだった。

金属のぶつかり合う音と、擦《こす》れる音。

ただぶつけるのではなく、シエラはホウスの剣を受け流したりもしていた。

端《はた》から見れば、ホウスが剣で遊んでもらっているようにしか見えない。

「シ、シエラさん……すごい」

「マグニス先生、遊ばれてるように見えるな」

そんなクラスメートたちの声は、シエラの耳にも届く。

（これだとまだ加減が足りないのかな……？）

「オオオッ！」

このときの一瞬の隙《すき》をついてか、ホウスはシエラの頭部に向かって――渾身《こんしん》の一撃を叩《たた》き込む。

シエラもまた、それを模擬《もぎ》剣で防ごうとし、鈍《にぶ》い金属音が周囲に響き渡る。

「シエラさんッ！」

叫んだのはアルナだった。

渾身の一撃によってシエラの持っていた模擬剣はへし折られ、鉄製の塊《かたまり》とも言えるものが直接シエラの頭に当たる。

ゴッ、という鈍い音が周囲に響いた。

ピタリと、二人の動きが止まる。

にやりと笑みを浮かべながら、ホウスは口を開いた。

「……悪いな、まさかへし折れるとは思ってなかったんで、加減ができなかった」

まともに一撃を受けたシエラの頭部は出血している。

それも、滴《したた》り落ちるほどの量だった。

銀色の長い髪が少しずつ赤く染まっていく中――

「……ううん、こっちも油断してた。壊れた武器での戦いを想定しろ、っていうことだよね？」

「ッ！」

垂《た》れてきた血を舌《した》で舐《な》めとり、笑みを浮かべるシエラ。

滅多《めった》に笑うことのないシエラは、久方ぶりに笑みを浮かべていた。

その表情に思わず一歩後退《あとずさ》りするホウス。

「マグニス先生、すぐにシエラさんを保健室に連れていきます。構いませんね？」

「あ、ああ」

そう言って、シエラの手を引いたのはアルナだった。

他のクラスメートも、心配そうにシエラのことを見る。

一部の生徒たちからは、

「いくら授業だからってやりすぎじゃ……」

「わざとにしか思えねえ、仕返しかよ」

そんなホウスを非難する声も聞こえてくる。

当のホウスはというと、イラついた表情を隠さずにアルナとシエラのことを見ていた。

アルナが懐《ふところ》からハンカチを取り出して、シエラに手渡す。

「それで止血《しけつ》して。すぐに保健室で手当てしてもらわないと」

「でも、まだ授業の――」

「その怪我《けが》でそんなこと言っている場合!?」

ビクッとシエラの身体《からだ》が少し震える。

アルナも思わず、足を止めた。

「ご、ごめんなさい。とにかく、保健室に行きましょう」

「……うん」

(――なんか、こんな風に怒られるの、初めてかも)

シエラにとっては、それはとても新鮮なことであった。

13 シエラ、友達ができる

入学初日に怪我《けが》をして保健室に運ばれることになったのも、シエラが初めてだろう。

頭部からの出血は激しかったが、今は止血《しけつ》の術式によって血は止まっている。

「出血は一先《ひとま》ず治まったけど、しばらくは安静にね」

「うん、わかった」

校医の言葉に、こくりと頷《うなず》くシエラ。

傷はそこそこ深かったが、傭兵《ようへい》時代に様々な怪我をして痛みに慣れてしまっているシエラは、平気な顔をしていた。

「私は報告に言ってくるから、ここで待っていてくれる？」

「わかりました」

そう答えたのは、シエラを保健室まで連れてきてくれたアルナだ。

校医がいなくなったあと、アルナが心配そうにシエラの隣に座る。

「痛みはまだある？」

「平気だよ。慣れてるから」

「慣れてるって……そういう問題ではないのよ？　命に関《かか》わる怪我でなくてよかったけど……。でも、マグニス先生のことは許せないわ」

「……？　どうして？」

「どうしても何も、あんなの絶対細工《さいく》したに決まっているわ。鉄製のものがあんな簡単にへし折れるはずないもの」

アルナの言うことは間違っていない。

シエラは模擬《もぎ》剣を持った時点で違和感を覚えていた。

だが、特にホウスに対して怒りの感情はない。

むしろ感謝しているくらいだった。

「ホウス……先生はわたしに壊れた武器での戦い方を教えてくれたんだと思う。それを判断できる技術とか――」

「そんなわけないじゃないの!?　貴方馬鹿《あなたばか》なの!?」

ピシャリとそう言い切られ、シエラは黙る。

ただ、少し視線を逸《そ》らしながら、

「別に……バカじゃないけど」

そう小声で否定した。

アルナはシエラの小さな抗議が聞こえているのかいないのか――小さくため息をつくと、

「……別に、貴方を責めるつもりなんて一切ないわ。でも、マグニス先生の行動は絶対わざとよ。許したらいけないの」

「……そうなの？」

「そうよ。保健室の先生にも報告したからきっと大丈夫だと思うけど……シエラさんに負けた腹いせなのかしら」

「腹いせ？」

「ええ、きっとそうよ」

腹いせ――ということは、シエラに負けたことが悔《くや》しかったということになる。

シエラ自身、エインズに負ける度《たび》に悔しい思いをしていたから、その気持ちは理解できる。

けれど、アルナの言うことも理解できた。

わざとなのだとしたら、他人を傷つける行為だ。

(父さんの言ってた『ぼーかん』と一緒、かな)

だとしたら次は殴り飛ばしてもいいのかもしれない――そんな風に考える。

「怪我の後遺症がないといいけど……」

「アルナは、わたしの心配をしてくれるの？」

「……当然でしょう？　怪我をした人がいたら、心配するのは当たり前なの」

「そうなんだ」

「貴方は……そういう環境で暮らしてこなかった、ということでいいのかしら？」

――そういう環境、というのはシエラにも何となくだが理解できる。

「怪我とかすると父さんは心配してくれることもあったけど」

「友達とかは？」

「いたことないよ」

「っ……そうなのね……」

シエラの言葉を聞いて、少しうつむきながら呟《つぶや》くアルナ。

その表情は少し気まずそうだった。

何か悪いことでも言っただろうか――そう思いながらも、シエラはこれをチャンスだと考えた。

「……アルナはわたしの友達になってくれる？」

「え、友達って……私と？」

「うん」

「……それは、私となるのは、あまりオススメしないというか……」

「ダメなの？」

「うっ……」

シエラがすり寄るように問いかけると、アルナは困ったような表情を浮かべる。

アルナの反応を見ると、友達になるというのは難しいことなのだろうか――シエラはそう感じてしまう。

だが、やがてアルナは観念したように大きく息を吐くと、

「ううん。私も、貴方とは仲良くしたいと思ってたから。それに、色々と教えてあげた方がいいみたいだものね」

「！　じゃあ、友達になってくれるの？」

「……まあ、一応そういうことかしら」

「うんっ、よろしくね」

シエラは笑顔を浮かべてそう言った。

その笑顔は、彼女がこれまで生きてきた中で一番の笑顔だった。

14 シエラ、弱点を学ぶ

「……で、友達って具体的に何をすればいいの？」

「ぐ、具体的に？」

「うん」


校医が戻ってきた後、二人は教室に戻っていいと言われたため、廊下を歩いていた。

授業はすでに中止となっているらしい。


「そう言われても……」

困った表情を浮かべるアルナ。

どう答えたものか、と悩んでいるようだった。

「難しいの？」

「別に、難しいことではないと思う、わ」

「アルナは友達と何してるの？」

「うっ……」

シエラがぐいぐいと質問を重ねると、アルナは何故《なぜ》か言葉を詰まらせた。

ばつが悪そうに視線を逸《そ》らす。

そんなアルナに対し、シエラは一切の遠慮なく言い放つ。

「アルナも友達いなかったの？」

「そ、そんなことないわっ！　今はちょっと、色々とあって……友人関係とか考えてこなかっただけよ」

「色々って？」

「色々は色々と、よ」

アルナの言葉に、シエラは一先《ひとま》ず納得する。

何か事情があるのだろう。

(父さんもよく隠してたし)

エインズも、困ったことがあるとこうやってはぐらかしていた。

そういう時は問いかけても答えは返ってこないものだ。

「友達っていうのは、具体的に何かするってわけでもないと思うわ」

「そうなの？」

「ええ、貴方《あなた》は何かしたいことないの？」

「したいこと……」

シエラはしばし考えて、答える。

「友達がほしいとは思ってたけど、できてからは何をするかとか、考えてないよ？」

「そ、そう」

「でも、父さんは友達と楽しそうにしてたから、わたしもそういうことしたい」

「……そういうこと。具体的にやりたいことがないのなら、一般的には町に遊びに出てみるとかではないかしら」

「じゃあ遊びに行こう」

ぐいっとシエラがアルナの手を引く。

慌《あわ》ててアルナが制止した。

「ちょ、ス、ストップ！　まだ授業終わっていないでしょう！」

「そうだっけ？」

「そうよ。それに貴方、今日は安静にしていなさいって言われたばかりでしょう？」

シエラはまだ頭部に止血《しけつ》の術式をかけてもらっている状態だ。

魔力によって治癒《ちゆ》能力を高めることはできるが――完治《かんち》には多少時間がかかる。

しかしシエラにとってこの程度の傷はどうってことないため、

「別に気にしないけど」

「私が気にするのよ！　そんな焦《あせ》る必要もないでしょう、まったく。それにしても力も強いわね……止められないかと思ったわ」

「そうかな？」

そういえば力比べではあまり負けた記憶がないな、とシエラはふと思う。

「早く授業終わらないかな」

「だから、今日は安静にしていなさいって言われたでしょう？　授業終わっても遊ばないわよ」

「……そうなの？」

しゅんとした表情になるシエラ。

「うっ、捨てられた子犬みたいな顔で見るのはやめてっ」

「どんな顔？」

「今の貴方みたいな顔よ。私、そういう情に訴えかけられるのは苦手なの」

「そうなんだ」

相手の弱点や苦手な面を攻めるのは戦いの基本だ——と、エインズに教え込まれたことを思い出す。

シエラは自分がどんな表情をしているのかいまいちピンときていなかった。

しかし、アルナに有効ならばと、しゅんとした顔のままアルナをじっと見つめた。

「……」

「……」

「…………」

「…………」

「……ダメなものはダメよ？　まずは怪我《けが》を治すこと、ね？」

「…………ダメ？」

「わたしは大丈夫だよ」

「貴方が大丈夫でも私が心配するのよ、わかった？」

「……うん」

こくりと頷《うなず》くシエラ。

その後――授業が終わってからもアルナの考えは変わらず、シエラは放課後すぐに強制的に寮へ連行されることになった。

＊＊＊

ホウスは一人、学園から離れた酒場にいた。

授業後に学園長であるアウェンダに呼び出され、ホウスは処分が決定するまで謹慎《きんしん》を命じられたのだ。

ホウスはこうなることを承知《しょうち》の上でシエラに報復《ほうふく》したため、謹慎処分については受け入れていた。

ただ、我慢《がまん》ならないこともあった。

シエラの頭部に一撃を与えた瞬間——彼女の表情を見て、ホウスは臆《おく》してしまった。一流の魔導師として戦争でも手柄《てがら》を挙げたこの自分が、ただの学生相手に、だ。

ギリッと、奥歯を噛《か》み締める。

さらに——、

「残念です、マグニス先生」

そう、心底《しんそこ》残念そうな顔で言うアウェンダの顔が脳裏《のうり》を過《よぎ》る。

思い返すだに腹立たしいことばかりだ。

「何が残念、だ。思ってもいねえことを……」

「——あらん、久しぶりに呼び出されたと思えばぁ、一人で飲み過ぎじゃなぁい？」

ホウスの前に現れたのは、妖艶《ようえん》な女性——ではなく、筋肉質な男だった。

ただ、身にまとうのは高価なドレス。

化粧《けしょう》もしっかりとしていて、酒場の中でも目立っていた。

「よう……とりあえず駆けつけ一杯飲めや」

「こっちは忙しいのよぉ。《仕事》の依頼がいくつもあって……用件だけ言って頂戴《ちょうだい》な」

席に着くや否《いな》や、女装をした男——ルシュール・エルロフはそう言い放つ。

ホウスは懐《ふところ》からジャラリと音のする袋を取り出す。

「なぁに、それ」

「……前金だ。俺も仕事の依頼をしたい」

「もうっ、あなたもなの？　急ぎの用件っていうから来たのに」

「仕事の依頼だ……急ぎの用件だろうが」

「仕方ないわね……話だけは聞いてあげるわ」

ホウスはすぐに、シエラのことを話し始めた。

学園に入学したばかりの少女でありながら、《装魔術》を使いこなす少女のことを。

一通り聞き終えたルシュールは大きくため息をつく。

「やだわぁ……何かと思えば女の子にボコボコにされて、それで仕返しにも失敗したからアタシに依頼？　とんでもなく小さな男になったのねぇ、あなた」

「うるせぇ、受けるか受けないかはっきりしろ」

「――受ける価値もない仕事だと判断するわぁ」

「な、なにぃ……？」

「それはそうでしょ？　たかが女の子一人……あなたがやったらいいじゃないの。闇討《やみう》ちでもなんでも」

「そういうレベルのやつじゃねぇから言ってんだ！　成功報酬《ほうしゅう》はもっと弾《はず》む！」

「……忙しいって言ってるでしょ。仮に受けるにしても後回しよぉ」

そう言って、ガタリと席を立つルシュール。

ホウスは何とか依頼を受けさせようとする。

「そうだ……俺のことを報告した生徒——そいつも含めて六倍払う。ガキ二人にその金額なら破格だろ?」

そう言いながら差し出したのは、もう一人分の情報が記載された紙だ。

「あのねぇ……金額の問題じゃ——」

ルシュールがそう言い切ろうとしたとき、ピタリとその動きを止めた。

その少女の情報を見て、ルシュールはにやりと笑う。

「……どうした?」

「気が変わったわ、二人分の依頼——八倍で受けてあげる」

「は、八倍……」

「安いものでしょ? たかがでも——女の子二人を殺すのに、それだけのお金でいいのだから」

ルシュールは簡単にそう言い放つ。

「……ああ、いいぜ。殺し方とかも相談できるんだったか?」

ホウスはルシュールの言葉に頷き、そう口にするのだった。

15 シエラ、目撃する

夜──シエラは一人部屋にいた。
初日から怪我《けが》をするという事件はあったが、初めて友達ができた。
だが、友達というものがシエラにはよくわからない。
(困った時の、これ)
便利道具のように取り出して、エインズからもらった『凡人《ぼんじん》ノート』をめくる。
『基本その五、友人ができたら大切にすること』
ノートには、そんなことが書いてあった。
「大切にするって、どうするんだろう?」
シエラは考える。
エインズは、シエラのことを大切な娘だと言っていた。

言葉にして言われたのはごく最近だが、エインズがずっと自分のことを大切に育ててくれていたのはわかる。

……だが、いざ自分が誰かを大切にすると考えた時、どうすればいいのかわからない。

「友達を大切にって、どういうことなんだろう……?」

戦うこと以外ロクに考える機会もなかったシエラにとって、これはすぐに答えの出るような易《やさ》しい問題ではない。

パタリとノートを閉じて、シエラは窓の外を見る。

自然豊かな学園の敷地が、視界に広がった。

ここは、シエラにとって生活しやすい場所だ。

そのあたりでゴロゴロしているだけでも、気持ちよく過ごせる気がする。

「……休みの日もあるっていうし、時間があるとき見てみようかな」

ふと、シエラはそんなことを考える。

学園内に何があるか、というのも見ておきたかった。

そのほかに、やるべきことが思い浮かばないというところもある。

「他に、休みの日にすること……そうだ、剣の練習」

思い出したように、シエラは呟《つぶや》く。

それはシエラの日課のようなものだった。

以前はエインズと二人で鍛錬《たんれん》に励《はげ》んでいたが、彼と別れてからは一人で練習していた。

おまけに今のシエラは、エインズから渡された凡人ノートに刻《きざ》まれている『本気を出さないこと』を律儀《りちぎ》に守り、力を加減しての練習に励んでいるのである。

「手加減しての練習……難しいけど、やらないと」

呟きながら、シエラは屋上へと向かう。

するとそこには、先客がいた。

「……アルナ？」

シエラの言葉は、アルナには届いていない。

月明かりの中、アルナは意識を集中させていた。

「ふうう……」

深く長い呼吸と共に、アルナの手元に魔力が集まっていく。

《方陣術式《ほうじん》》の展開——その様子を見て、シエラは何となく察した。

（《装魔術》……？）

アルナが使おうとしているのは、シエラと同じ装魔術だった。

魔力を塊《かたまり》のように集中させ、それを具現化《ぐげんか》する魔法。

常《つね》に維持《いじ》し続けるには高い集中力が必要となる。

アルナは具現化させる時点で呼吸が荒くなっていた。

「はあ……ふぅ……」

（……あれは、失敗する）

シエラがそう心の中で呟くのと同時に、アルナの手元の魔力が霧散《むさん》していく。

長く練習を続けていたらしく、アルナの集中力は限界らしかった。

「……こんなのじゃダメなのに……」

「何してるの？」

「っ！　シエラさん……いたのね」

「うん」

シエラはアルナの方へと向かう。

アルナは、先ほどまでの疲れた表情を引っ込めて平静を装い、シエラに言う。

「貴方《あなた》、屋上が好きなのかしら？」

「普通だけど、ここは気持ちいいから。アルナは魔法の練習？」

「まあ、そんなところかしら」

少しはぐらかすような言い方をするアルナに、シエラは言う。

「わたしも練習しようとしてた」

「！　シエラさんも？」

「うん、アルナも一緒に――」

「貴方、今日は安静にって言われたわよね？」

練習をしよう、と言うつもりだったが、シエラの言葉をアルナが遮《さえぎ》った。

「そうだっけ？」

「惚《とぼ》けないの！　部屋で休んでいないとダメでしょう」

またしても怒られるシエラ。

スッと視線を逸《そ》らしながら、

「もう平気だよ」

「自己診断もダメよ。私と部屋に戻ること、いいわね？」

……何を言ったところで、アルナの考えが変わることはなかった。

思わず、シエラは呟く。

「……アルナ、父さんより父さんみたい」

「せめて母さんと言ってくれないかしら……」

「母さんはよく知らないから」

「！　そう……それなら、うん。貴方がそう呼びたいのなら、それでも構わない、わ」

「……？　アルナは父さんじゃないよ？」

「……それはそうよ。貴方が——まあ、いいわ」

シエラの言葉にそう答えると、アルナはシエラの手を握って屋上から連れ出す。

「貴方、怪我はしているけれどお風呂はどうするの？」

「……お風呂？」

そんなものがあったのか、という反応のシエラ。

そんな彼女のことを、アルナはジト目で見る。

「その反応だと……昨日も入ってないわね？」

「……怪我してるから」

「昨日はしてないでしょう！　まったく……洗ってあげるから、大浴場に行くわよ」

半《なか》ば強引に、シエラはアルナに連れられて浴場へと向かうことになったのだった。

16 シエラ、髪を洗ってもらう

寮の一階には食堂の他に、寮生が利用する大浴場がある。

「ここで着替えるのよ」

アルナが脱衣場の扉を開く。

それに続いて、シエラも脱衣場へと入っていく。

脱衣場には壁一面に棚が並んでおり、その中に籠《かご》が入れられていた。

「特に場所とかは決まっていないから、着替えは好きなところに――って、シエラさん？」

後ろから聞こえる衣服の擦《す》れる音に、アルナが振り返る。

迷うことなく、ぱっぱと制服を脱ぎ捨てたシエラの姿がそこにあった。

下着すらも迷いなく脱いだシエラの、真っ白な肌《はだ》が露《あらわ》になっている。

銀色の髪も相《あい》まって、一糸まとわぬ姿のシエラはどこか幻想的な雰囲気《ふんいき》を漂わせている。

――けれども、本人は特に何も考えずに真《ま》っ直《す》ぐ浴場の方へと向かっていった。

「ちょ、ちょっと待ちなさいって！」

「ん、どうしたの？」

慌《あわ》てた様子のアルナに止められて、シエラはきょとんとした表情で振り返る。

「どうしたも何も……はあ、いいわ。一先《ひとま》ずこっちにいらっしゃい」

「うん」

「……脱いだ物はきちんと畳《たた》んで、ここに入れておくの」

「えー」

「えー、じゃないの。そういうルールなのよ。わかった？」

「わかった」

アルナが床から拾い上げたシエラの上着を畳んで籠の中に置いてみせた。

シエラはそれに倣《なら》うようにして、シャツを畳んでいた。

普段から水浴びするときは適当に脱ぎ捨てるシエラだったが、教えられたらば一応はやる。

寮の大浴場は、その名にふさわしく広々としていた。

しかも、遅い時間だったためか他の寮生の姿はない。貸し切り状態である。

前面をタオルで隠すアルナに対して、シエラは特に隠す様子もなく仁王立《におうだ》ちしている。

「一応、同性とはいえ少しは隠した方が……」

「なんで？」

「……いいえ、いいわ。さ、洗ってあげるから座って」

シエラは促《うなが》されるまま風呂椅子《いす》に座る。

風呂場の仕組みにも、魔法が使われていた。

魔力を噴出する魔石や、水を汲《く》み上げたり温めたりする《方陣術式《ほうじん》》が組み込まれている。

魔導学園というだけあって、風呂の温度を下げないようにする機能まで仕組まれていた。

(色々とあるんだ)

魔法の用途について興味を持つシエラだったが、アルナに湯をかけられて視界がぼやける。

「保健室の先生がお風呂は入ってもいいって言ってたけど、しみたりしない？」

「普通かな」

「また判断に困る回答ね……」

実際、それほど痛いわけでもなく、痛くても問題ないと思っていた。

「痛かったら言ってね？」

「大丈夫だよ」

そう答えて頷《うなず》くと、アルナがシエラの髪を洗い始めた。

長く美しい銀色の髪は、水に濡《ぬ》れるとより輝きが増す。

アルナも思わず息を呑《の》んだ。

「初めて会った時から思っていたけれど、シエラさんの髪ってとても綺麗《きれい》よね」

「そう？」

「そうよ。しっかり手入れした方がいいわ」

「わたしの髪は目立つから、普段は隠してた方がいいって父さんに言われたよ」

「まあ、確かに目立つ色ではあるわね。この辺《あた》りではまったく見ないでしょうし」

エインズが『隠せ』と言ったのは、エインズやシエラの『赤い剣』以上にシエラの銀髪が目立ってしまうからだ。

実際、エインズは顔までしっかりと知られてしまっているが、シエラは仕事の手伝いが中心だったのと他人とほとんど関《かか》わらなかったこともあり、顔も名も、あまり知られていない。

――戦場に『赤い剣』が二本あれば、そこには近づくな、というような噂《うわさ》話は広まっているが。

シエラは無言のまま、アルナによって髪を洗われていたが、時折そわそわと動き始める。

じっとしていられない子供のようだった。

「どうかしたの？」

「後ろにいられるの、落ち着かないから」

洗ってもらっているのだから仕方ないとはいえ、普段から背後を取られないようにして生きてきたシエラにとって、誰かが後ろにいるというのはどうにも居心地《いごこち》が悪かった。

それを聞いたアルナは、

「じゃあ前からにしましょうか」

そう言ってシエラの前に移動する。

「これならどう？」

「うん、こっちの方が落ち着く」

正面から向き合って、というのはアルナの方がむしろ恥《は》ずかしいくらいだったが、シエラはまったく気にしていない。

シエラは先ほどと違ってそわそわしなくなった。

アルナがシエラの髪を優しく洗っていく。

そして髪を洗い終えると、

「じゃあ、お風呂入ろう——」

「まだ身体《からだ》を洗っていないでしょう！」

「そうだっけ？」

「どういう惚《とぼ》け方なの!?　まったく……」

そう言いながら、アルナが今度は自分の髪を洗おうとし始める。

その横で、シエラはじっと待機していた。

「……その、見られてると落ち着かないのだけれど」

「身体も洗ってくれるかと思って」

「そ、そこは自分で洗えるでしょう!?」

「髪は洗ってくれたのに？」

「頭を怪我《けが》していたからよっ！　何でも頼ろうと……」

アルナが言いかけたところで、言葉を詰まらせる。

だが、少し間《ま》を置いて続けた。

「……何でも頼ろうとしないで、できることはしないとダメよ」

「そういうことなら、わかった」

当たり前のごとくそう言われ、シエラも渋々《しぶしぶ》頷く。

シエラはアルナの隣で身体を洗い始めるのだったが——

「はい、終わり」

「待って。早いし雑すぎるわ」

シエラの腕をアルナが摑《つか》んで止める。

シエラ自身は、身体の汚れなどあまり気にするタイプではなかった。

むしろ、清潔にすることよりもさっさと湯船に入ってしまいたいという気持ちの方が大きい。

「洗ったよ？」

「……だから、雑すぎるって言っているの。女の子なんだから、そういうところは気にしないとダメよ？」

「そうなんだ」

「仕方ないわね……今日だけよ。正しい洗い方っていうものを教えてあげるわ」

アルナがそう言って、シエラの後ろに回る。

だが、シエラはアルナが後ろに立ったことで、また気にするような仕草《しぐさ》を見せた。

「これも前からなのね……」

ため息をつきながらも、アルナはシエラの前に移動する。

「私の真似《まね》をしてやるように。わかった？」

「うん」

シエラの前で、レクチャーを始めるアルナ。

結局、雑になりやすいところはアルナが手伝いつつ、シエラは身体を洗い始めるのだった。

17 シエラ、アルナと話す

身体《からだ》も洗い終えたシエラとアルナは二人――浴槽《よくそう》にいた。

基本的に熱い湯に入る機会の少ないシエラは表情こそいつも通りだが、顔は少し赤くなっていた。

アルナによってシエラの長い髪は綺麗《きれい》にまとめられている。

今は、アルナがシエラに学園に来る前のことを聞いていた。

「それじゃあ、シエラさんは王都にも来たことがあったのね」

「うん、たまに。来たのは久々だけど」

「その前は別の大陸にいたの？」

「別のところにも行ったことはあるよ。最近はずっとここ」

「そうなのね」

傭兵《ようへい》として様々な場所に行った経験は、すべて父の仕事で付き添ったという話にしている。

「……いいわね、冒険っていうのも」

シエラの話を聞いてか、アルナは上を見上げて呟《つぶや》くように言った。

どこか遠くを見るような仕草《しぐさ》に、シエラは首をかしげて問いかける。

「いいのかな？」

「シエラさんは慣れているから、ここでの生活の方が新鮮なのかもしれないわね」

「それはそうかも」

シエラも納得する。

冒険――もとい、エインズとの生活は色々なところを巡《めぐ》る。逆に言えば一カ所に留まることは珍《めずら》しかった。

「アルナは冒険しないの？」

「もちろん、してみたいっていう気持ちはあるけれど――そんな簡単な話ではないわね」

「どうして？」

「どうしても、よ。一人でいろんなところを回ったりするのは憧《あこが》れるけれど、きっと大変だもの」

言葉にしているように、アルナは冒険というものに憧れているようだった。

それは、クラスメートたちがシエラの話を聞いている時とは違う。

やりたくてもできない――言葉にはしていないが、そんな気持ちがシエラにも伝わってくる。

（一人は確かに……大変、なのかな？）

アルナの言うことはシエラにもわかる。

シエラはほとんど他人と関《かか》わってこなかったが、いつも近くにエインズがいた。

——今は、一人でここにいる。

「シエラさんは、一人で転校して来て寂《さび》しくはないの？」

「……別に。父さんはいなくても平気だよ」

口ではそう言うシエラだが、正直、寂しいとは思っていた。

だが、何故《なぜ》寂しいと感じるのか、よくわからない。

エインズに会いたくて寂しいのか、彼といつも一緒にいたせいで隣に誰かがいないことが寂しいだけなのか、あるいは本気で剣を交えることのできる相手がいなくて寂しいのか……。

ずっと一緒だったエインズと別れて暮らす今、いつかはまたエインズと暮らせるのだろうかと考えることもあるが——きっと彼とはしばらく再会できないだろう。

そんな予感が、シエラにはあった。

だからこの寂しさは、エインズ以外の何かで満たしていかなければならない。

——でも、もし寂しさを埋めるだけの何かが見つからなかったら？

そんな風に考え込むシエラの髪に、アルナが優しく触れる。

「……アルナ？」

「本当は頭撫《な》でてあげたいのだけれど、怪我しているから。寂しい時は寂しいって言ってもいいのよ」

「別に寂しくない」

アルナの言葉にそう反論するシエラ。

口元まで湯に浸《つ》かって、ぶくぶくと泡《あわ》を立て始める。

素直な性格をしているようで、シエラは自身の弱みに繋《つな》がるようなことは決して表に出そうとしなかった。

そんなシエラを見て、アルナは小さくため息をつく。

「ほら、髪が解《ほど》けるから」

アルナの言葉に従ってシエラは元の姿勢に戻る。

シエラから見て、今はアルナがエインズ以上に父親らしく感じられた。

そのアルナはというと――何故か複雑な表情をしていた。

「どうしたの？」

「……え？」

「難しそうな顔してる」

「っ、そんなこと、ないわ」

「昨日会った時から思ってたけど……何か悩み事でもあるの？」

シエラの問いかけが意外だったのか、アルナは驚いた表情をする。

人付き合いの経験が乏《とぼ》しくコミュニケーション能力に難があるシエラだったが、相手の思考や感情を読み取る技術に関しては秀《ひい》でていた。

それは、戦場で培《つちか》われたものであり、相手の思考や動きを読み取ることは、勝敗を分ける重要な要素の一つだった。

長い傭兵暮らしで身につけた産物と言えるだろう。

……それがまさか人付き合いで生かされることになるとは、シエラは夢にも思っていなかったが。

「失礼なこと言うようだけれど……シエラさんはもっと鈍感《どんかん》だと思っていたわ」

「鈍感？」

「ふふっ、そういうところよ。別に、悩んでなんていないわ」

いたずらっぽい笑みを浮かべてそう答えるアルナ。

シエラの「寂しくない」と断言したことに対する意趣返《いしゅがえ》しのようなものだった。

そして、思いついたようにアルナは言葉を続ける。

「……強《し》いて言うなら、怪我《けが》してるのに遊びに行こうっていう子には少し悩んでいるかも」

「そうなんだ」

「貴方《あなた》のことよ」

アルナは、「まったく、もう……」と呆《あき》れたように肩を竦《すく》め、それからふふっと微笑《ほほえ》んだ。

そんなアルナを見てシエラは何か言おうとして――、

「――っ！」

「シエラさん？」

不意に、シエラは話すのをやめて立ち上がる。

そして大浴場の出口の方を静かに見つめた。

怪訝《けげん》そうな表情でアルナもそちらを見る。

特に変わった様子はなく――、

「シエラさん、何か変なものでも見えているとか言わないでしょうね……？」

「ううん、ちょっと気になっただけ」

「気になったって……こ、怖い話ではないわよね？」

「……？　アルナは幽霊苦手なの？」

「ちょ、幽霊とか言わないでよ！」

シエラから勢いよく距離を取るアルナ。

アルナは苦手なことがわかりやすかった。

戦場ではそういう要素は命取りになりかねないが――

（うん、だって……ここは違うよね）

大浴場の外から――殺気に似たものを感じてシエラは立ち上がったのだが、すでにその気配はない。

近くにいるのはアルナだけだった。

（……気のせいかな？）

「……そろそろ出ましょうか。風邪引かないように、しっかり髪も身体も拭《ふ》くのよ？」

「幽霊怖いの？」

「そうじゃなくて！　拭かずに行こうとする子がいるかもしれないから」

「……わかった」

先を見越したような言葉に、少しだけむっとした表情でシエラは答えるのだった。

18 シエラ、交渉に出る

——翌日から、シエラはアルナと行動を共にするようになっていた。

授業中はもちろん隣同士だが、その他の時間も何かと一緒にいる機会が増えており——言ってしまえばこれまでのアルナとの交流で、シエラは確実にアルナに懐《なつ》いていた。

そんな生活が始まって三日目——移動教室に行く前の準備をしていると、クラスメートの何人かがシエラのもとへとやってくる。

「シエラさん、入学してすぐにカルトール様と話せるなんてすごいね」

「カルトール……？」

「アルナ・カルトール様！　貴族のお嬢様だって。知らなかった？」

「そうなんだ」

名前は覚えているが、相変わらず姓については覚えが悪い。

——というより、あまり覚える気もないし興味もなかった。

シエラにとっては生まれが平民だとか貴族だとかいうのは、気にするようなことでもない。

ただその一方で、どこか他の生徒とは立ち振る舞いがちょっと違う者たちがいることには気づいていた。その人たちが、きっと貴族なのだろう。

「正直気後《きおく》れしちゃうよね」

「うん、同じクラスになってもほとんど話したことないし」

「アルナは良い人だよ」

そんな風に話すクラスメートたちに対して、シエラは素直にそう答えた。

怪我《けが》をしたシエラを保健室まで連れて行って、怪我をしているからと髪も洗ってくれる。

「少し口うるさいけど」

「え？」

ポロリとこぼした言葉はクラスメートには聞こえていなかったようで、シエラはそのままアルナのもとへと向かう。

「アルナ、次は魔法の授業だよ」

「知っているわ。……言っておくけれど、まだ無理をしてはダメよ？」

「ダメなの？」

「聞かなくてもわかるでしょう。まだ治っていないのだから」

シエラの動向はアルナには予測がつくようだった。

他のクラスメートの多くは、扱える魔法は初級の魔法に限られる。

授業で習うのも初級レベルの魔法ばかりだ。

そんな中、シエラは講師であるホウスを打倒したほどの実力者――魔法の授業では特に、シエラは目立つ存在だ。

そんな状況でもシエラは気にすることなく、そつなく言われた魔法を発動する。

ただ――他の生徒たちに比べるとその威力《いりょく》は圧倒的だ。

「《ファイア・ブロウ》」

シエラが魔法を発動した。

四つの術式から構成される火の下級魔法――炎が拳《こぶし》のように形作られる。

多くのクラスメートはまだ拳を上手《うま》く形作ることもできていなかったが、シエフが作り出したものはサイズも大きく、その上コントロールも自在。

《魔法学》と《魔物学》に関しては、講師も含めてもシエラの右に出る者はいない。

シエラ自身はこれでも加減しているつもりだった。

それでも他のクラスメートから実力が違いすぎるからと距離を置かれなかったのは――シエラの才能がその二つにのみ特化しているからだ。

魔導学園というくらいだから、魔法に特化しているシエラはとても優秀だと言える。

ただ、それ以外はあまりに壊滅的だったために、結果としてシエラは、一部の科目のみズバ抜けた成績の、不思議な生徒と見られていた。

さらに、シエラが無口で大人しい雰囲気《ふんいき》を漂わせていたのも、ミステリアスな生徒というポジションを確立する要因となっていた。

「シエラさん、魔法と魔物に関してはすごいよねー」

「だよね。他のことはちょっとあれだけど……」

クラスメートに「あれ」と言われてしまうくらいだ。

それが聞こえていても、シエラは別に気にしない。

一方でアルナもまた、魔法の面では優秀な生徒のようだった。

「《ファイア・ブロウ》」

アルナが先ほどシエラの放った魔法と同じものを発動する。

シエラに比べると勢いは見劣りするが、拳の形が綺麗《きれい》に整えられているのが一目でわかる。

「カルトール様もさすがよね」

「貴族はやっぱり子供の頃から英才教育とかしてるんだろうなぁ」

――シエラと違って、そんなクラスメートの会話を気にしているようにも見えるアルナ。

魔法の授業では、主に魔法を上手く扱える者が授業中にそれを披露《ひろう》する機会が与えられる。

大体は、シエラとアルナともう数人といったところだった。

「アルナの魔法は綺麗だね」

「そうかしら。でも、私は綺麗なのより貴方《あなた》のような力強い魔法の方が好きよ。コントロールにしたってそう」

「わたしは慣れてるから」

「……そういう風に自信を持って言えるくらいに、私もなりたいのだけど」

「アルナは魔法が上手くなりたいの？」

「それは——魔導学園に通う者なら当然でしょう？　高みを目指して然《しか》るべき、よ」

「わたしも目指した方がいい？」

「好きにすればいいじゃないの」

どこか棘《とげ》のある言い方だったが、アルナがすぐハッとした表情をして、

「……ごめんなさい。少し言い方が悪かったわ」

「ううん、気にしてないよ」

シエラはそう答える。

アルナはばつが悪そうな表情をして、シエラに問いかけた。

「あの……シエラさん」

「なに？」

「もし、私が魔法を教えてほしいって言ったら——教えてくれる？」

「魔法を？」

「……ええ」

「わたしそういうの苦手だけど」

「何となくそうだとは思っていたのだけれど……ダメだったら断ってくれて構わないわ」

そう言いながら視線を逸《そ》らすアルナ。

その表情はどこか気まずそうだった。

アルナがシエラと話すとき、時折そういう表情を見せることがある。

どうしてそんな顔をするのか気にはなっているが、聞いたところではぐらかされるだろう。

魔法を教えることについては――シエラからすると特に断る理由もない。

「別にわたしでいいならいいよ」

「！　本当に？」

「うん。けど、こういう時は何か対価を求めた方がいいって父さんが言ってた。どうしよう？」

「……それ、私に直接言うこと？」

苦笑いを浮かべながらアルナが問いかける。

シエラは少し悩んでから、初日から保留になっていたことを口にした。

「じゃあ、今日遊びに行こう」

「……貴方、それ毎日言っているじゃない」

元々、怪我が原因で毎日保留になっていることを、シエラは条件として出したのだった。

19 シエラ、甘い物を好む

放課後――シエラとアルナは学園の外にいた。

結論から言うと、シエラの交渉《こうしょう》は成功したことになる。

一応校医に相談してから――ということになったが、シエラの傷はほんの数日で回復していた。

アルナは驚いていたが、シエラにとっては普通のことだ。

そうして、アルナに連れられてシエラは念願叶《かな》って遊びに行くことになったのだ。

編入試験を受けてから、シエラはまともに学園の外に出たことはなかった。

王都を自由に見て回るのは今日が初めてになる。

学園は王都の中心付近にあるため、当然人通りも多かった。

周囲を窺《うかが》うような仕草《しぐさ》のシエラは、アルナから見てもすぐにどこかへ行ってしまいそうな雰《ふん》囲《い》気《き》がある。

「ほら、はぐれないようにね」

「うん」

アルナがシエラの手を取って、人通りの多い場所から外れる。

「遊びたいって言うけど、どこか行きたい場所とかあるのかしら？」

「行きたいところ？」

「……もしかして、どこかに行きたいってわけではないの？」

「王都のこと、よく知らないから」

なんとなく王都を見て回りたいとは思っていたが、それ以上のプランはない。

シエラの答えを聞いて、アルナは少し考える。

「うーん……そうなると私が選んだところに行く――ってことよね？」

「うん、それでいいよ」

「それじゃあ、どうしようかしら……」

シエラの言葉を受けて、またアルナは考え始める。

王都のことならアルナのほうが詳《くわ》しいだろう。一方、任せてしまおうという魂胆《こんたん》のシエラ。

だが、アルナが考え込んでいる間に、シエラはふと漂ってくる匂《にお》いに反応した。

鼻が利《き》くシエラは、離れた場所からの香りにも敏感だった。

「何か気になるものでもあるの？」

「わからないけど、いい匂いがする」

「ああ、この辺《あた》りだと食べ物屋とか色々あるでしょうし」

「食べ物……」

「そういうのでもいいのなら、行く場所は決めない方がいいかもしれないわね」

「そうなの？」

「観光地とかならわかるけれど、食べ物屋さんは私もあまり詳しくないからね」

「じゃあ一緒に見て回ろう」

「ええ、決まりね」

アルナもホッとした表情になる。

人通りの多い道を、シエラとアルナは飲食店を見ながら歩いていく。

傭兵《ようへい》時代のシエラの食生活は、主にエインズと狩った魔物や森で採《と》れる果実が中心だった。

もちろん、エインズに付き添って酒場などに寄ることはあったが、たいていエインズが注文した料理を好き嫌いなく食べていた。

「雲がある」

「雲……？」

シエラが指差したのは、並んだ屋台の一つが取り扱っている白くふわふわとした物。

「ああ、綿菓子《わたがし》ね」

「綿菓子？」

「砂糖を溶かして絡《から》めたお菓子……とでも言えばいいのかしら」

アルナの言葉に、興味深そうに頷《うなず》くシエラ。

授業のときよりも興味津々《しんしん》といった様子を見せるシエラに、アルナが苦笑する。

「せっかくだし、食べてみましょうか」

「！　うん」

シエラとアルナが最初に選んだのは綿菓子——王都のそこかしこで見かけることができるものだったが、

「ふわふわだけど、甘いよ」

「それが綿菓子だもの」

もぐもぐと綿菓子を頬張《ほおば》っていくシエラ。

その速度にアルナも目を丸くする。

「もう少しゆっくり食べなさいって」

「わたし、甘いの好きかも」

「嗜好品《しこうひん》は美味《おい》しいけれど、食べ過ぎは身体《からだ》に良くないわよ？」

「……そうなの？」

「まあ、今日くらいはいいと思うけど」

アルナの答えを聞いたシエラの表情が明るくなる。

それから二人は、主に甘い菓子類をメインに探していくことにする。

エインズと一緒にいるときは、あまり食べ物に興味を持ったことはない。

二人で話すことの多くは仕事のことだったけれど、シエラ自身は気にしたこともなかった。

立ち並ぶ屋台やお店の食べ物は王都では少しも珍《めずら》しくないものばかりだったが、シエラにとってはどれも新鮮だった。

「次はあそこ行こ」

「そんなに食べたら夕飯食べられなくなるわよ……？」

「大丈夫」

根拠のない返事にアルナは小さくため息をついたが、結局シエラに付き合うことにした。

そうして二人はアイスクリームを手に、ようやく人通りの疎《まば》らな広場までやってきた。

「甘い物は別腹でも食べ過ぎると結構きついわね……」

「でも美味しいよ」

「まあ、言いたいことはわかるけれど……太るわよ？」

「太ったらダメなの？」

「別にダメとは言わないけれど……ってほら、アイスがついているわ」

「ん」

アルナはそう言って、シエラの頬についたアイスをハンカチで拭《ふ》き取る。

「ありがと。付き合ってくれて」

「いいのよ、先にお願いごとをしたのは私だし」

「魔法の練習？」

「そういうこと」

アルナの言葉にシエラも頷く。

シエラはアルナに魔法を教える約束をしていた。

「でも、アルナは魔法、使えてると思うけど」

「シエラさんに言われると複雑ね。でも、私に必要なのは今のレベルではないの。それこそ、学生のレベルではなくて、シエラさんみたいに講師を倒せるくらいにならないと」

「……？　どういう――」

シエラは問いかけようとしたが、不意に話すのを止《や》め、アルナの正面に立つ。

周囲を窺うような様子で、シエラは視線を走らせた。

「シエラさん……？」

「伏せて」

「え――」

言うが早いか、シエラがアルナの身体を引く。

それと同時に、飛んできた《針》をシエラは指で挟《はさ》み込むようにして受け止めたのだった。

20 シエラ、対峙する

「シ、シエラさん……？」
まだ状況が理解できていないアルナは、突然の出来事に驚いているようだった。
大通りを抜けた先の広場で、シエラは周囲を確認した。
狙《ねら》われている。それも、シエラではなく――、
（この《針》はアルナを狙ったもの。どうしてかな）
さらに違う方向からいくつか飛んできた針を、シエラは簡単に止めた。
指に挟《はさ》んだものと、手に持ったアイスで受け止めたもの。
細い針には液体が塗られており、シエラはすぐにそれが毒だと理解する。
（六……七人かな）
すぐさまこちらを狙う気配の数を把握《はあく》する。
確実にこちらを殺そうという意思のある気配――殺気をシエラは感じていた。
シエラはすぐに行動に移る。

アイスは投げ捨てて、アルナの身体《からだ》に触れる。

「アルナ、摑《つか》まって」

「ちょ、いきなり——きゃ!?」

シエラはアルナの答えを待たずに抱えあげる。

身長だけで言えばアルナの方が高いが、シエラは軽々と持ち上げた。

地面を蹴《け》って加速する。

あっという間に広場を抜け、風のように去っていったシエラとアルナを、広場にいた人々はぽかんとした様子で見送る。

「シ、シエラさんっ!?　ど、どういうことなの、これ!?」

「アルナ、落ち着いて」

「落ち着いていられるわけないでしょう！」

そもそも自分を持ち上げていることに驚いているようだが、その動きも人間離れしていた。

ただアルナを抱えて走るだけなく、出店の屋根へと跳躍《ちょうやく》したかと思うと、再び跳《と》び、屋根を伝って移動する——かと思えば、人通りのすくない細い道に飛び降り、障害物を物ともしない動きで加速していく。

目にも留まらぬ速さで駆けながら、シエラはアルナに向かって事実を告げる。

「狙われてる」

「っ⁉」

その一言だけで伝わったのか、アルナは驚きの表情を浮かべながらも、今の状況を理解したようだった。

それはすなわち、アルナにも狙われる理由がわかっているということなのかもしれない。

（追ってきてる気配は三人……他の四人は回り込む気かな）

シエラは少し開けた道までやってくると足を止める。

そうして、アルナを地面に降ろした。

「ど、どうするつもり？」

「戦うよ。アルナはここから動かないで」

「な……あ、危ないからダメよ！　今のシエラさんの動きだったら――」

「追いついてきてるから言ってる。それに、追ってくる相手は対処しないとずっと追ってくるって父さんも言ってた。《暗殺者》はそういう奴《やつ》らなんだって」

「……っ！　シエラさん、貴方《あなた》一体……？」

驚くアルナを尻目《しりめ》に、シエラは行動を開始する。

まずはやらなければならないことがあった。

「アルナ……お願い、聞いてほしい」

そう、シエラは切り出したのだった。

＊＊＊

「《毒針》でやれんとはな」

ローブに身を包んだ男がそう呟《つぶや》いた。

同じ服装をした者が他に二人――身軽な動きで逃げた《標的》を追う。

「シエラ・アルクニス……情報によると、学生でありながら魔導師であるホウス・マグニスを倒した、と」

「そもそもホウスってやつ知らねー」

「今回の依頼主の片割れだよ。それにしても女学生二人に七人も編成するなんてどういうつもりなんだろうね？」

「わかっているだろう。アルナ・カルトール――カルトール家のご息女が一番の標的だ」

そう、暗殺者たちの狙いはシエラではなくアルナ――だからこそ、毒針で初めに狙ったのも彼女だった。

だが、それは失敗に終わっていた。

「指先やアイスで毒針を、それも四方から飛んできたのを止めるような奴だ。気を抜くな」

「確かに学生にしちゃあちとおかしいレベルかもしれないけどさー、逃げるってことはたいした強さじゃないってことでしょうよ」

「どうだろうね。あの身のこなしは普通ではないよ」

「どっちだっていいさー。そもそも暗殺者が標的を一撃でやれなかった――そこが一番腹立つところでよ。死んどけって話」

「油断するなと――！　止まれ」

暗殺者たちが動きを止める。

三人の他、逃げる方向へと待ち伏せるように移動しているのは四人だ。

だが、標的の二人は逃げる途中で動きを止めた。

必要以上に近づくようなことはしない――標的に位置がばれるような距離までは近づかず、確実に仕留《しと》める機会を窺《うかが》う。

立ち止まって、何やら話している様子が見えた。

「……二手に分かれて逃げるつもりか？　だとしたら好都合だな」

「じゃあオレはあの銀髪の方を殺《や》るぜ、なかなかに強そうだからよー」

「僕たちの本分を見失ってはいけないよ」

「その通りだ。全員で、確実に標的を――!?」

暗殺者の男が、驚きに目を見開く。

離れたところの物陰《ものかげ》から様子を窺っていたというのに、銀髪の少女――シエラと目が合ったのだ。

「馬鹿《ばか》な……！　この距離で、捕捉《ほそく》されているだと……？」

「どうしたよ」

「標的がこちらの位置に気づいている可能性がある。場所を変えるぞ」

「それではこちらが見失う可能性があるんじゃないかな？」

「そうだぜ。それにアホらしいこと言うなよ。オレらレベルでも、この距離からなら気配はわかっても隠れている奴がどこにいるかなんて――って、銀髪の奴がいねえ……？」

「見つけた」

わずか数秒――暗殺者たちが次の行動について話していた時だった。

その場にふわりと降り立ったのは、《赤い剣》を持つ少女。

標的として、暗殺者たちが追いかけていたはずのシエラだった。

すぐさま三人は戦闘態勢に入る。

本来、暗殺者である彼らは標的と真正面から戦うことを想定していない。

一切悟られず一方的に、ただ殺す、ということに重きを置いている。

それでも十全に鍛《きた》えてきたと言える暗殺者集団の男の一人は――

「は……？」

武器を抜こうとした方の腕が、すでになくなっていた。

「な、オ、オレの腕――」

さらに乾いた音が周囲に響く。

暗殺者たちが行動を始める前に、シエラが一人の暗殺者を葬《ほうむ》り去った。

残された二人の暗殺者はすぐさま距離を取る。

シエラの持つ赤い剣から、鮮血が滴《したた》り落ちた。

「父さんは極力殺すなって言ってたけど……これは仕事だから――わたしはあなたたちを殺すよ」

起伏《きふく》のない声で、シエラがそう言い放ったのだった。

21 シエラ、暗殺者と戦う

倒れた相手に目もくれず、シエラは二人の暗殺者と対峙《たいじ》した。
仲間がやられた瞬間、暗殺者は左右に分かれてシエラから距離を取る。
どちらか片方が狙《ねら》われても、もう片方が背後から攻撃ができる。
そういう判断なのだろう。
だが、暗殺者たちはすぐには動かない――否《いな》、動けなかった。
標的だったはずのシエラが、仲間の一人を殺してここに立っている。
動こうにも動けないのは当然のことだ。
一瞬の静寂《せいじゃく》の後、先に口を開いたのはシエラだった。
「どっちでもいいよ」
「っ！」
どちらでも同じこと――そう暗殺者に対して言い放った。
ロープと仮面によって顔を隠しているが、どちらも男だということは体格でわかる。

中肉中背《ちゅうにくちゅうぜい》な体格の男と、やや筋肉質な体型の男。

「その《赤い剣》――まさかとは思うが」

口を開いたのは、中肉中背の暗殺者だ。

「まさか」というのは、シエラにもおおよそ想像がつく。

だから、迷わずに答えた。

「違うよ。わたしは違う」

エインズ・ワーカーではない――そういう意味をこめた答えだ。

これまで何度も投げかけられた問いであり、シエラはその度《たび》に「違う」と答えていた。

「これは正直、想定外じゃないかな」

「ああ、だが……こうなった以上はここでやるしかない」

一人の声は、若い男のもの。

もう一人の声は、少し歳《とし》を食ってる感じだった。

シエラはこくりと頷《うなず》いて答える。

「うん、わたしもそうしてもらった方が助かる。なるべく早く終わらせたいから」

「ははっ、なるべく早く、ね……僕はもう少し――」

「長引かせるつもりはないよ。早くそれ、引いたら？」

「……バレてたのかい！」

直後、若い男の暗殺者が動いた。

クンッと何かを引くような仕草《しぐさ》を見せ、シエラはそちらを視認する。

それは、シエラが見ることすらしなかった暗殺者の死体――そこに繋《つな》がった糸が引かれると同時に、死体がその場で爆発を起こす。

仲間の身体《からだ》に仕込んであった爆薬を使ったのだろう。

暗殺者ならば、それくらいのことは平気でする。

直後、暗殺者たちが動き出す。

「今の、目くらまし？」

「な、ん……!?」

若い男の暗殺者の驚きの声が響く。

仮面で覆《おお》われているが、その下は驚愕《きょうがく》に満ちた表情になっているだろう。

暗殺者が目眩《めくらま》しするために発火させた爆薬――死体の血は目潰《めつぶ》しとなるように周囲に降り注いだが、シエラはその中を迷わずに突き進んできた。

暗殺者の前に《方陣術式《ほうじん》》が展開され、魔法が発動する寸前だった。

仲間の暗殺者よりも先に行動をしてしまったのが、この暗殺者の不運だったと言える。

シエラがそのまま、術式ごと暗殺者の胸に剣を突き立てる。

――呆気《あっけ》なく、二人目の暗殺者は命を落とした。

「あと一人は……あれ？」

もう一人の姿がない。

予想よりも反応が早かった。

シエラの動きを見て勝てないと判断したのか、二人目にシエラが迫った時点で距離を取っていたらしい。

可能な限り速く、遠くへ逃げる――それを、シエラは許さない。

「逃がさないよ」

「ぐあっ!?」

シエラは暗殺者の頭を後ろから掴《つか》む。

そのまま飛び上がると、建物の屋上に降り立って、床に頭を叩《たた》きつけた。

勢いのままに叩きつけたためか、メキリという鈍《にぶ》い音がする。

仮面が割れて暗殺者の素顔が露《あらわ》になるが、シエラは興味を示さない。

そのまま剣を振り下ろすと――シエラは暗殺者の足の腱《けん》を切った。

「が、ぐっ！　な、にを……!?」

「どっちでもいいって言ったよね。どっちかには依頼主のことを聞かないといけないから。暗殺者には必ず依頼主がいる――《元凶》を絶たないとダメなんだって」

「情報、か……！」

シエラの言った「どっちでもいいよ」というのは、どちらからかかってきても構わないという意味ではない。

先に来た方を殺し、もう片方は生かして情報を聞き出す。

そのための選択肢《し》を提示しただけに過ぎない。

結果的に、判断力に優《すぐ》れた暗殺者の方が生き残ってしまったと言える。

だが、シエラは暗殺者に背を向ける。

残り四人――先回りをしようとしていた暗殺者の仲間たちがいる。

「ここで待ってて。聞きたいこと、あるから。すぐに終わらせて戻ってくる」

「……っ」

シエラは反転して、すぐにそちらの方へと跳《と》んだ。

ここでの戦闘時間は一分にも満たない――アルナのもとへ別の暗殺者が辿《たど》り着く前に、シエラが四人の暗殺者と遭遇《そうぐう》する方が早いだろう。

四人の暗殺者たちもまた、シエラが向かっているとは気づいていなかった。

建物から建物へと、四人が跳躍《ちょうやく》した瞬間にシエラが姿を現す。

「四人目」

「――」

四人目はシエラの投げた赤い剣に貫《つらぬ》かれて、声を発することもなく絶命する。

空中で脱力した暗殺者は、そのまま地面へ落下していく。

「貴様!?　どこから――」

「五人目」

五人目はその剣を抜き取ったシエラによって首を刎《は》ね飛ばされる。

その間わずか二秒。

六人目と七人目はシエラの存在に気づくと、振り返りざまに魔法を発動した。

「《アルター・フレイム》ッ!」

「《ボルト・ストーム》!」

いずれも十六の正方形、上級魔法の《方陣術式》だ。

仲間二人が一瞬で葬《ほうむ》り去られたのを見て、即座に魔法を発動するという選択ができたことはさすがと言える。

どちらの魔法も発動はした――発動はしたのだが、シエラの一振りによって全《すべ》てが無に帰《き》すことになる。

赤い剣が作り出す《赤い斬撃《ざんげき》》は魔力の塊《かたまり》――魔法すらも切り裂き、呑《の》み込むそれは暗殺者の放った炎の魔法と雷の魔法を、暗殺者ごと無慈悲《むじひ》に消し飛ばす。

「これで仕事は終わり」

着地したシエラは、赤い剣を手放した。

六人を始末して、一人は情報を聞き出すために生かしてある。

「仕事ならいいって、父さん言ってたよね」

ぽつりと、そう呟《つぶや》く。

仕事以外では極力人を殺してはいけないよ――そんなエインズの言葉に、シエラはしっかり従ってこれまで学園生活を過ごしてきた。だが、父の言葉は裏を返せば『仕事ならば、殺しても構わない』ということだ。

だからシエラは、アルナにお願いをした。

依頼をしてほしいと。

父の言葉を守り、殺す正当性を与えてほしい――と。

もしアルナが頷かなければ、シエラは拳《こぶし》を使っていただろう。

どのみちシエラが勝つことに変わりはなかったはずだが、きっと苦戦を強《し》いられ、怪我《けが》もしただろう。暗殺者たちは全員骨の数本を折られる程度の峰打《みねう》ちで済んだだろうが……。

ともかく、

「情報、聞きださないと」

シエラは生かしておいた暗殺者のもとを目指す。

シエラとアルナに迫った暗殺者たちは、わずか数分のうちに全滅することになった。

22 シエラ、仕事を終える

「……失敗した」

あまり感情を表に出さないシエラだったが、目の前の光景を見て落胆《らくたん》した様子で呟《つぶや》く。

生かしておいた暗殺者は自害していた。

少し考えれば当然のことで、躊躇《ちゅうちょ》なく相手を殺すシエラに捕まればおよそ無事で済むことはあり得ない。

暗殺に失敗した時点でこの男は自害すると決意していたのだろう。

傍《かたわ》らには、アルナとシエラを狙《ねら》った《毒針》が落ちていた。

エインズであれば、このような失敗はしなかったはずだ。

「……」

シエラは無言のまま、その場を後にする。

初めて一人で仕事を受けたのだ――当然、成功させるつもりでいた。

だが結果は、情報を聞き出せず終《じま》い。

これでは送られてきた刺客《しかく》を撃破しただけに過ぎない。

また同じように送られてくる可能性がある。

一先《ひとま》ず、シエラはアルナのところへと戻った。

不安そうな表情のまま待機していたアルナに声をかける。

「アルナ」

「っ！」

声をかけた瞬間、びくりと肩を震わせるアルナ。

振り返った表情は怯《おび》えていたが――

「シ、シエラさん……!?　血が……！」

「大丈夫だよ、返り血だから」

主に、爆破された死体の血を浴びた時のものだ。

銀色の髪も、学園指定の制服も赤く染まっていた。

アルナは懐《ふところ》からハンカチを取り出して、シエラの顔を拭《ふ》く。

そんなアルナに、シエラは俯《うつむ》き加減で告げる。

「ごめん。情報聞き出すつもりだったけど、無理だった」

「それじゃあ、シエラさんが……本当に暗殺者を撃退したの？」

「うん、殺したよ」

「！」

アルナの言葉に頷《うなず》くシエラ。

「殺した」という言葉を聞いたアルナの表情が曇《くも》る。

迷うことなく、そういうことをシエラはする――アルナの言葉で、シエラは人を殺したのだ。

その事実は、アルナが受け止めるには少し重いものであった。

「ごめんなさい。貴方《あなた》に無茶をさせるようなこと……」

「……？　わたしが依頼してってお願いしたんだよ」

シエラがアルナにお願いしたのは、何でもいいから依頼をしてほしいということだった。

どうであれ、依頼という形になればいい。

だから、アルナはシエナに依頼をした。

「この状況が切り抜けられたら、アイスくれる約束だから」

「……そう、ね」

シエラが提案したのは、そんな簡単な口約束のようなものだった。

しかし、口約束でも立派《りっぱ》な契約だ。

およそ命を狙われている人間とそれを防ごうとする者のやり取りではないが、シエラのお願いにアルナは頷いた。「切り抜けられたらアイスくらい、いくらでも買ってあげる」――と。

依頼契約としては、それで充分だった。

エインズが軽い口約束で仕事を請け負《う》っていた時のことを思い出しつつ――シエラは自《みずか》らの正体を明かし、依頼を受けたのだった。

「でも、情報聞き出せなかったから、アイス買ってくれない？」

視線を逸《そ》らしながら、シエラはそんなことを聞く。

たった今、七人の暗殺者を倒した少女の口から出るような言葉ではなかったが、アルナはそれを聞いて小さく首を横に振る。

「このままだと目立つから、ね？　アイスはまた今度にしましょう」

「買ってくれるんだ」

「切り抜けられたらって話、だものね」

周囲を確認しながらアルナが言う。

実際、この近辺ではすでに大騒ぎになりつつあった。

シエラが戦いを開始した時点で大きな爆発音――さらには、シエラが空中で殺した暗殺者の一部は地上で発見されている。

騒ぐな、という方が無理な話だった。

《王国騎士》という、国の秩序を守る存在が徐々《じょじょ》に集まってきている。

そんな中、返り血だらけのシエラと共にどう説明したらいいのか――アルナは考えもつかなかった。

だから、人目につかないようにシエラとアルナは二人で学園の方へと戻る。

今のアルナにとって唯一《ゆいいつ》信用できる相手が、暗殺者から守ってくれたシエラしかいなかったということもある。

誰がどこから狙っているかもわからないという状況――特に、騎士という職業はこの国に関《かか》わりが深い。本来なら、もはや自《みずか》ら彼らに連絡を取るべきところだ。

――だというのに、関わりのないシエラの方が信頼できるというのは、何とも皮肉な話であったが。

戻る途中、シエラはアルナに問いかける。

「ねえ、どうしてアルナは狙われてるの？」

「それは……後で話すわ。私も、貴方のことは、きちんと聞いておきたいから」

「……？　いいよ」

こくりと頷くシエラ。

依頼主の情報までは聞き出せなかったが、アルナを守るという意味では仕事は達成されたのだった。

23 シエラ、アルナの話を聞く

夜——アルナの部屋にシエラはいた。

シエラはすでに返り血を浴びた制服は脱いで、薄い寝間着《ねまき》に着替えている。

寝間着と言っても、下着にシャツ一枚というとても簡素なものだった。

さすがにその姿では出歩かないように、とアルナに念を押されている。

「シエラさん、紅茶かコーヒーはいる？」

「甘い方」

「またアバウトね……それなら、紅茶を淹《い》れてあげる」

アルナはそう言って紅茶を準備してくれた。

砂糖の入った小瓶《こびん》も一緒に添えられており、シエラはそこからたっぷりと砂糖を取って紅茶に入れた。

「入れ過ぎよ、シエラさん」

「でも、甘くて美味《おい》しい」

「前にも言ったけれど、甘くし過ぎるのもよくないのよ？」

「うん、気をつける」

この点については話半分でしか聞いていないシエラ。

だが、次の話はそういうわけにもいかなかった。

アルナは月に照らされた外の景色に目をやると、静かに話し始めた。

「私が狙《ねら》われる理由、だったわよね」

「そう、どうしてアルナが狙われたの？」

「……私の家――カルトール家はこの国の貴族の家柄の一つなの」

「貴族だから狙われるの？」

「それだけで狙われるってことにはならないけれど……私の場合は少し特殊でね。私は――

《王位継承権》を持っているの」

「王位？」

アルナの言葉に、シエラは首をかしげて問いかける。

アルナは頷《うなず》いて、言葉を続けた。

「王を継ぐ者――この国では本来、王の子に王位継承権が与えられるわ。けれど、現王には子はいない。その場合、代々王国に仕《つか》えてきた由緒《ゆいしょ》ある五家の貴族に王位継承権が与えられるの。その一つが、私の家であるカルトール家よ」

「よくわからないけど、アルナも王様になれるってこと？」

「そういう認識で構わないわ。実際にその話が私にも届いたのは、ほんの数日前——丁度《ちょうど》、シエラさんに初めて会った日のことね。いつかはそういう日が来るとは思っていたけれど、本当にこうやって命を狙われることになると、ね」

「どうしてアルナが狙われるの？」

「簡単なことよ。争う相手が少なければ、それだけ王になれる可能性が高くなるもの」

カルトール家に王位継承の報せ《しら》が届いたのは、数日前のこと。

報せの手紙を受け取ったカルトール家は、王位継承の代表としてアルナを選んだ。

つまりアルナが狙われるようになったのはごく最近——王位継承権が五つの貴族の家に報されてからということになる。

子がいない現王に何かあった時のために、次代の王を決めておきたいということだろう。

だが、アルナが狙われるのなら、カルトール家が全面的に彼女を守るよう動いていてもおかしくない。

しかし実際には、アルナが暗殺者に狙われた時もカルトール家の者らしき影は一切なく、シエラしか彼女の傍《そば》にはいなかった。

「アルナを守ってくれる人は、いないの？」

「そう、ね。私は王位継承権を与えられているけれど——それも偽物《にせもの》のようなものよ」

「偽物？」

「そう……私には弟がいてね。カルトールの家を継ぐのは弟で、実際に王位を継承するのも弟になるわ。カルトールの家は弟を守ることに全《すべ》ての力を注いでいるの。私は、他の動向を探るために用意された囮《おとり》……というところかしら」

俯《うつむ》き加減でそう言うアルナ。

表向き、カルトール家はアルナを王位継承者として擁立《ようりつ》しているが、実際にはアルナの弟に王位を継がせたいと考えているらしい。

貴族の話はシエラにとっては難しく、その全てをしっかりと理解するのは無理だった。

だがそれでも、これだけはわかる。

カルトールの家は、アルナを守るつもりなどない。

けれど、アルナには狙われる理由があるということだ。

一応、アルナとカルトール家を繋《つな》ぐ連絡役の人間はいるらしい。

だが、カルトール家は、アルナを守るために人を割《さ》く気はなくて。

あくまで、王位を継承させたいのはアルナの弟で——アルナは最悪死んでしまっても構わないというのが、カルトール家の意思なのだ。

「だから、私は強くならないといけなかったのよ。私が生きている限りは、継承権は私にある。そうすれば、弟は安全だもの」

「アルナは弟を守りたいの？」

「肉親だもの。当然のことよ。シエラさんに魔法を教えてほしいって言ったのもそれが理由。これが私の強くなりたい理由と狙われる理由ね」

「そっか」

「それじゃあ、次は私が聞く番ね」

一通り話し終えたアルナがそう言うと、シエラの方を真《ま》っ直《す》ぐ見た。

その表情は真剣で、シエラもアルナの方を見返す。

「シエラさん……貴方の本名は、シエラ・ワーカーっていうことでいいのよね？」

「うん、そうだよ」

これはすでに、シエラが依頼を受ける時に伝えたことだ。

――シエラ・ワーカー、傭兵《ようへい》のエインズ・ワーカーの娘だよ。

そう伝えた時のアルナは、目を見開いて驚いていた。

「エインズ・ワーカーと言えば、戦場においては敵なしと言えるほどの強さを持った傭兵だと聞くけれど……まさか娘がいたなんて」

「父さんは拾ったって言ってたけどね」

「拾ったって……。それで、シエラさんも傭兵を？」

「うん、仕事はいっぱいしたよ」

「……そう、なのね。でも、それって話してもよかったことなのかしら？」

「うーん、本当はダメなのかもしれないけど、アルナならいいかな」

「またアバウトなのね」

具体的に説明したわけではないが、アルナはすでにシエラの一端《いったん》を知っている。

七人の暗殺者を、シエラは単独で撃破したのだ。

それがすでに、常人《じょうじん》から逸脱《いつだつ》した存在であるということを示している。

アルナはしばらく黙っていたが、意を決したように口を開く。

「私と一緒にいたら、貴方も狙われるかもしれない」

「うん、別にいいよ」

「それでも――え？」

「うん、いいよ？」

「あ、えっと……」

何か言おうとしていたのに、出鼻《ではな》をくじかれてしまったというようにアルナが動揺する。

シエラは特に迷うこともなく言う。

「友達は大切にってノートにも書いてあったから」

「ノートって……？」

「父さんからもらったノート。困ったことがあったら見ろって言われた」

そう言いながら、シエラはノートをアルナに見せる。

「それに書いてあったってこと……？　でも……本当に、いいの？」

迷いながらも、すがるような表情を浮かべるアルナ。

シエラはまた、迷うことなく頷く。

「わたしは、アルナと一緒にいたいから」

「……ありがとう、シエラさん」

そう言ったアルナの表情には、嬉《うれ》しさと安堵《あんど》、そして何故《なぜ》か悲哀《ひあい》や後ろめたさのようなものが含まれていた。

その機微《きび》にシエラは気づいていたが、尋《たず》ねることはしなかった。

今は、一緒にいると決めたことのほうが大事なのだ。

互いの秘密を知っても、それでも二人は離れず傍にいると決めた。

24 シエラ、決意する

話を終えて、アルナは一人部屋にいた。

《最強の傭兵《ようへい》》と名高いエインズ・ワーカー――彼に娘がいたということも驚きだ。

それが同じ学園に編入してきたばかりの少女、シエラだというのだから。

「《赤い剣》……」

ポツリとアルナは呟《つぶや》く。

アルナも遠くから目にしたそれは、戦場では特にエインズのことを指し示す。

味方にすれば負けることはないと言われるほどの存在で、娘のシエラがその強さに近いものを持っているというのはアルナにもわかった。

七人もの暗殺者を無傷で、それも単独で撃破したのだ。

時間にして数分にも満たないほどだった。

講師であるホウスを倒したと聞いた時から、シエラのことは気になっていた。

――入学試験の時の出来事が広まった理由は、簡単だ。

入学試験を覗《のぞ》いていて、それを広めた者がいる——少なからずそういうことをする人間が学園の中にはいる。

初めて出会った夜に、長い銀色の髪が月明かりに照らされたその姿は、とても幻想的な印象を与えた。

そして、翌日登校した時に、シエラの話題を耳にした。

シエラについての話を聞いて、アルナはその強さを確かめようとした。

(最低よね、私は……)

シエラに近づいたのは、その強さが知りたかったから。

誰も頼ることのできないアルナにとっては、唯一《ゆいいつ》できた繋《つな》がりだった。

それはつまり、初めからシエラのことを利用するつもりだったとも言える。

だから、一緒にいてくれるというシエラに対しても——アルナは単純に喜ぶことはできなかった。

後ろめたい気持ちの方が大きいからだ。

あの時、アルナは「それでも一緒にいてくれる?」と、問いかけるつもりだった。

シエラに対して、一緒にいてほしいと言うことはできない。

暗殺者に狙《ねら》われるような自分と、一緒にいてほしいと思うことは何よりの罪だと思っていた。

それなのに、シエラは迷うことなく答えてくれた。

——わたしは、アルナと一緒にいたいから。

シエラの言葉を思い出して、アルナは拳《こぶし》を握りしめる。

その言葉に応《こた》える資格が、今の自分にはない。

シエラのことを、自分が生き残るために利用しようと考えていたのだから当然だ。

「それでも、私は……」

アルナは空を見上げ、唇《くちびる》をきゅっと噛《か》み締める。

迷いは、無理やりにでも断ち切るしかない。

彼女は独《ひと》り静かに、決意を固めたのだった

＊＊＊

「困ったものねぇ……」

ルシュール・エルロフは大きくため息をついた。

シエラとアルナを狙った暗殺者七人が——いずれも葬《ほうむ》り去られたという事実に、だ。

およそ少女二人に送るレベルのものではなかったが、それで失敗したというのだから。

「どうなってんだよ……！」

目の前には学園講師であったホウス・マグニス。

処分待ちという立場ではあるが、ほぼ間違いなく学園から追放されることになるだろう。

ホウスの言葉に、ルシュールはまた大きくため息をつく。

「どうも何も、七人送って全員やられちゃったのよ。はあ、大損害もいいところだわ」

「そんなこと言ってる場合かよ。失敗したってことは、あの二人はもう騎士に連絡を――」

「それはないと思うわぁ」

ホウスの言葉を遮《さえぎ》るように、ルシュールが言い放つ。

ルシュールはアルナ・カルトールという人物についてはある程度調べている。

少なくとも、彼女は王国の騎士を信用していない。

(当然よねぇ。他の継承者が、騎士と関《かか》わりを持っているんだもの)

「……どういうことだ？」

「うふふっ、あなたは知らなくていいのよぉ。うちとしては、七人もやられたという事実だけが大きいの。《組織》の暗殺者だって簡単に用意できるものじゃないのよぉ」

「それは、わかってるが……」

「まあいいわ。次の手はもう考えてあるもの。あなたにも手伝ってもらおうかしら」

「は、何で俺が……」

「規格外なものを依頼してくるからじゃない。あなただって、どのみち学園には戻れないのだから、協力しても損《そん》はないと思うわよぉ？」

それを聞いて、ホウスが少し悩んだ表情を見せる。

だが、やがて決意したように頷《うなず》くと、

「俺はどうしたらいい？」

「うふふっ、ちょっとしたことをね。また今度話すわ」

「……ああ、わかった」

ホウスが酒場を後にする。

その場に残ったルシュールはグラスの酒を一口あおる。

「なーんて、七人を送った成果は十分あったけれどねぇ。《赤い剣》を持つシエフ・アルニクス――うふふっ、シエラ・ワーカーと呼ぶべきかしら」

にやりと笑いながら、ルシュールは言い放つ。

元々、ルシュールの狙いはアルナだけだった。

そこにホウスの依頼があってシエラを標的に加えたのだが、今回の件で確信した。

戦場における《最強の傭兵》――エインズ・ワーカー。

彼がもう一人、誰かを連れて仕事を受けているという事実は一部の人間には有名な話だった。

「さぁて、そろそろ着く頃かしらねぇ。世界で一番暗殺者に向いていない男――《竜殺し》が」

ルシュールがそう呟く。

およそ暗殺者には向いていない――そんな男こそが、シエラを屠《ほふ》るのに必要なのだと。

25 シエラ、勉強する

翌日、シエラとアルナはこれまでと変わらずに過ごしていた――かのように見えたが、いつになくシエラがそわそわとしている。

アルナだけでなく、クラスメートたちまで気にするほどだ。

「シエラさん……どうかしたの？」

その雰囲気《ふんいき》に、たまらずクラスメートが声をかけてくる。

ピクリとわずかに反応したシエラは、

「どうもしないよ？」

いつものように抑揚《よくよう》のない声でそう答える。

「そ、そう？」

クラスメートもそれ以上聞くつもりはないといった様子で、そそくさとシエラのもとから離れていく。

今度は、アルナが小声で話しかけた。

「シエラさん……もしかして、ずっと警戒《けいかい》してくれているの？」

「うん、護衛《ごえい》の仕事ってあまりしたことなくて」

アルナに話しかけられると、少しだけシエラは声のトーンが上がる。

本人は気づいていないが、話す相手によって表情も微妙に変化していた。

特に表情に乏《とぼ》しいシエラだからこそ、嬉《うれ》しそうな雰囲気などは伝わりやすい。

シエラがそわそわとしている理由――それはシエラが言った通り、護衛の仕事はほとんどしたことがなく、浮かれているからだった。

傭兵《ようへい》時代に、護衛の依頼をこなしたことはある。

だが、護衛対象の傍《そば》にいるのは父のエインズであり、シエラは周囲を警戒して遊撃するのが主だった。

一人での護衛も、ましてや友達を守るのも初めてで。

だからシエラは、どうにも気合いを入れすぎてそわそわしているのだった。

アルナは、そんなシエラの手を取って言う。

「そんなに警戒しなくても、ね？　ここだと皆が心配するから」

「そうなの？」

「そうよ。シエラさん、普段と全然違って見えるもの」

「全然違う……」

アルナの言葉を繰り返し、シエラは考えをめぐらせる。

以前――エインズが言っていたことを思い出した。

――いいかい、シエラ。護衛の仕事に必要なのは平常心だ――と言っても、シエラはいつも平常心だから心配はしてないけどさ。

「……！」

ハッとした表情を見せるシエラ。

これもまたシエラが普段見せる表情ではなく、そんな顔もできるのかとクラスメートを驚かせたのだが、そんなことは気にせずシエラは、

「うん、普段通りでいいんだよね」

「そういうこと。私だっていつもと変わらないもの」

命を狙《ねら》われているというのに、確かにアルナの雰囲気は変わっていない。

シエラの経験上、護衛対象の人間はたいてい怯《おび》えていたり落ち着きがなかったりしていたものだが……。

（アルナは王様になれる人だから、大丈夫なのかな？）

心の中でそう解釈するシエラ。

王になるとかならないとか――シエラにはおよそ理解できる話ではなかったが、アルナを守ればいいというわかりやすい目標がある。

それだけで十分だった。

その後、授業中も普段通りにしようとした結果、《魔物学》と《魔法学》では相変わらず目立つシエラがそこにいた。

「《ロック・ガム》はその性質上、柔らかさと硬《かた》さを兼《か》ね備えた珍《めずら》しい魔物。魔法での攻撃――特に火属性の術式が有効。具体的には――」

「そ、そこまでは聞いていませんからね！」

魔法学では対魔物戦において有効な具体的魔法まで示そうとしたり、魔法学の授業では黒板の前に立つと、

「……」

「せ、正解だね。素晴らしい」

《方陣術式《ほうじんじゅつしき》》も習ったばかりのものを完璧《かんぺき》に書き切る。

講師は生徒が間違えたところから説明を始めるつもりだったのだが――シエラを当てたことで出鼻《ではな》をくじかれる形になる。

一方で、それ以外の授業については相変わらず興味が湧《わ》かない――かに思われたが、《歴史》の授業だけは、いつになく真剣に話を聞いていた。

特に《王》に関するところだ。

理解できているかどうかはともかく――理解しようという姿勢が見られた。

放課後、そんなシエラに興味を持ったのか、クラスメートたちが声をかけてくる。

「シエラさん、放課後図書室で勉強しない？」

「勉強……？」

「あ、ちょっと嫌そうな顔してる」

「こら、そういうこと言わないでさ。シエラさん魔物学と魔法学には詳《くわ》しいでしょ？　その話とか聞いてみたいし、他のことには興味なさそうだったけど、最近は歴史とかには関心を持ち始めたようだったから教えてあげようと思って」

「それなら、いいよ」

クラスメートの提案にこくりと頷《うなず》くシエラ。

そのままアルナの方を向くと、

「アルナも行こう？」

そう提案した。

だが、アルナは首を横に振り、

「私はいいわ」

「え、でも……」

「いいのよ。勉強、頑張ってらっしゃい」

シエラの返答を聞くことなく、アルナは席を立つ。

クラスメートたちもその雰囲気に圧倒されつつ、

「相変わらずシエラさんはすごいねー。カルトール様に物怖《ものお》じしないというか……」

「編入生ならではってやつ？」

「あたしだったら編入してきても、カルトール様には萎縮《いしゅく》しちゃうけどなー」

「……そうなのかな？」

「そうだよ！　絶対無理！」

「そうなんだ」

クラスメートの言葉に、シエラは首をかしげた。

シエラとしては、アルナに対して近寄りがたい雰囲気など感じない。むしろ、なんでも教えてくれるし面倒見《めんどうみ》もいいくらいだ。

だからこそ、シエラはアルナを守りたいと思ったのだ。

学園内であれば、どこにいたとしてもシエラは異変に気づくことはできる――

護衛といっても、アルナからは四六時中一緒にいる必要はないと言われていた。

それでも、アルナから離れて行動するのは少しだけ違和感を覚えるシエラだった。

26 シエラ、約束を思い出す

シエラはクラスメートの女子生徒二人と、図書室へとやってきていた。

本館から少し離れたところにあり、扱われている冊数は多種多様だ。

立ち入り禁止区域には、実際に魔法の効果を持つ《魔導書》も存在しているという話だ。

「それでねー、初代の王――ゴルドーフ・フェルトス様がこの地を治めて今の《フェルトス王国》ができたってことだよ。フェルトス王国のフェルトスは初代様の名前から来てるわけだねー」

「そうなんだ」

説明を受けて、シエラは頷《うなず》く。

語尾を伸ばしながら話すのは、茶色でピンとはねた髪が特徴的なルイン・カーネル。

もう一人は黒髪の清楚《せいそ》な出《い》で立《た》ちをした少女、オーリア・トルトス。

オーリアの方はアルナと同じく貴族とのことだが、本人曰《いわ》く下級の貴族であり、アルナとは格が違うと言っていた。

それでも、話し方はどこか気品を感じさせる。

ルインの方はシエラにもフレンドリーであり、話しやすい雰囲気《ふんいき》だった。

ルインの友人と合わせて三人で勉強をする予定だったのだが、その子に用事ができたらしく
シエラはルインと二人で図書室へとやってきた。

そこにいたクラスメートのオーリアと合流して、一緒に勉強することになったのだ。

「ルインさんは意外と博識なのですね」

「意外は余計じゃない？　それを言うならオーリアさんだって毒舌《どくぜつ》なのは意外って感じー。シ
エラさんは何て言うか、雰囲気とか話し方とか全部一致してるけど」

「そうかな？」

「そうだよー！　ミステリアスっていうかさ、なに考えてるかわからない感じがするよねー」

実際、普段は特に何か考えているわけではないので当たっている。

「カルトール様とお話しできるのも、シエラさんの性格……というところでしょうか？」

「二人はアルナと話したいの？」

「話したいっていうかー、まあクラスメートなんだしそりゃあ仲良くしたいとは思うけど。馴《な》
れ馴《な》れしいのは嫌いだって本人が言ってたし」

「……アルナが？」

ルインの言葉に、シエラは首をかしげる。

人一倍面倒見《めんどうみ》の良いアルナがそんなことを言うとは——シエラには到底《とうてい》想像できない。

「二人が話したいってこと、アルナに伝える?」

「え、ですが……」

「あたしたちと話したいとは思わないいんじゃないかなー。シエラさんは何て言うか、魔法の技術とかは特化してるし」

「魔法……あ」

魔法という言葉で、シエラはアルナとの約束を思い出す。

魔法を教える——そういう話をしていたはずだった。

けれど、アルナはなかなかそのことについては触れてこない。

(約束は守らないと……だよね)

シエラはふと思い立って、そそくさと荷物をまとめ始めた。

「あれ、シエラさんもう帰る感じ?」

「うん、アルナのとこ行ってくる」

「お二人は本当に仲がよろしいのですね」

「だねー。あたしもそういう友達ほしいわー」

「ルインさんはお友達がたくさんいるイメージですが」

「ま、ねー。友達と親友は違う、みたいな?」

ルインはルインで悩みがあるらしい。

シエラにはそもそも友達と呼べる人間はアルナしかいない──けれど、二人がアルナと話したいというのなら、それを彼女に伝えるくらいのことはできる。

「二人のこと、伝えとくけどいい？」

「あー、まあいいけどさー。結果があれだったらフィードバックはいらないから」

「……？　わかった」

言葉の意味はよく理解していなかったが、シエラはとりあえず頷く。

そのまま図書室の窓をガラリと開けると、

「え、ちょ、シエラ──」

「じゃあ、また明日ね」

窓から飛び降りた。

シエラたちのいた部屋は三階だが──ルインとオーリアが窓から下を眺《なが》めたときには、遥《はる》か先を駆けていくシエラの姿があった。

「……シエラさんってさー。田舎《いなか》出身だと聞いたけど、田舎の人ってみんなああなの？」

「……さあ、どうでしょうか」

田舎の人々へのあらぬ風評を広めていることに気づかぬまま、シエラはアルナのもとへと向かっていった。

27 シエラ、ベランダから入る

シエラは学園内を駆ける。

およそ人の出せる速度を越えていて、すれ違う人々にはシエラだと認識できる時間もなく、あっという間に寮へとたどり着いた。

(面倒《めんどう》だからここから行こう)

シエラは地面を蹴《け》ると、そのまま跳躍《ちょうやく》する。

ちょうど、アルナの部屋のベランダの高さまで跳《と》んで、そこに降り立った。

カンカン、とシエラは窓をノックする。

「誰……!?」

「わたし」

「――って、シエラさん!?」

驚きの声と共に、部屋のカーテンが開かれる。

まだ日も暮れていないというのに、アルナは締め切った部屋の中にいた。

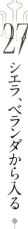

「ど、どうしてベランダなんかに……いいわ。とりあえず中に入って」

「うん」

促《うなが》されるがままに、シエラは部屋の中に入る。

相変わらず綺麗《きれい》に整理された部屋だった。

ベッドには制服の上着とストッキングが乱雑に置かれていたが。

「寝てたの？」

「ちょっと、休んでいただけよ。それにしても、窓からやってくるなんて……まあ、シエラさんならもう驚かないけど、どうしたの？」

アルナの適応力はなかなかのもので、シエラならそれくらいやるだろうとたいていのことは納得するようになっていた。

シエラはアルナの問いかけに答える。

「うん、魔法教える約束してたと思って」

「それは以前、約束したけれど……急にどうしたのよ？　今日は勉強の約束もあったでしょうに」

「わからないけど、思い出したからここに来たよ？」

「わからないって……」

少し呆《あき》れたような表情でため息をつくアルナ。

シエラも思い出してすぐ行動に移したが、言われてみれば今日である必要もない。

が、思い立ったらすぐに行動するのは、シエラらしいと言えばシエラらしかった。

「教えてくれるっていうのはありがたいわ。でも、クラスメートの子との約束を反故《ほご》にしてはダメよ？」

「気をつける。それで、どこでやる？」

「こら、気をつけようって感じがしないわよ」

すぐに魔法の練習をしようと提案するが、アルナはシエラに対して細かいこともしっかり注意し、何かと教えていくつもりらしい。

シエラは少しだけ不服そうな表情を見せる。

「そんな顔してもダメよ」

「どんな顔？」

「ちょっと嫌そうな顔、よ。あなた普段はポーカーフェイスだからわかりやすいのよ」

「そっか」

指摘《してき》されて、シエラは少し反省する。

エインズからは、仕事の際は感情を表に出さないほうがいいと教わり、それをしっかりと実《じっ》践《せん》していたのだが……。

普段の生活ではどうも上手《うま》くできていないらしい。

「反省する」

「いや、顔に出す出さないの問題ではなくて、約束は守るものってことよ」

「うん、そこも反省する」

シエラが頷《うなず》くと、ようやくアルナも微笑《ほほえ》みを浮かべる。

「よし、それなら今度は私が教えてもらう番かしら。学園内だったら広いとこ多いし、どこでもいいわよ」

そう言いながら、アルナはベッドの方へと向かう。

脱ぎ捨てた上着とストッキングを身につけるつもりなのだろう。

シエラはこくりと頷いて、

「うん――あ、その前に、さっき一緒だった人たち、アルナと仲良くしたいって言ってたよ」

「――」

シエラの言葉を聞いて、ピタリとアルナの動きが止まった。

「アルナ？」

「……そう、わかったわ」

「仲良くするってこと？」

「その話はまた、今度ね？」

振り返ったアルナの表情は、どこか悲しそうに見えた。

シエラもまた、それ以上は問いかけようとはしない。

悲しそうなアルナに対して——何と声をかけていいかわからないからだ。

(今度、ノート確認しないと)

困ったときに見るように、と言われた『凡人《ぼんじん》ノート』の存在を思い出す。

人との付き合い方に関してまで細かく書いてあるようなノートではないのだが、シエラにとってそれだけノートは重要なものになりつつあった。

28 シエラ、アルナに教える

「魔力をボワッて感じにして、ボボボってやるんだよ、わかった？」

シエラは身振り手振りを交《まじ》えて、そんな風に表現する。

そして、アルナに問いかけた。

アルナは苦笑いを浮かべて答える。

「えっと、全然わからないわ」

「そっか」

「あ、その……私の理解力が足りないからよね！」

露骨《ろこつ》にテンションの下がったシエラをフォローするようにアルナが言う。

《魔法学》に関しては非常に詳《くわ》しく語ることができるシエラだが――実際に教えるとなると話は別だ。

シエラが今教えているのは《装魔術》に関することだった。

アルナも時間に制限はあるが使えるらしく、練習していたところはシエラも目撃している。

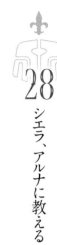

魔力の塊《かたまり》を武器とする装魔術は、本人の素質に大きく左右され、コントロールも難しい魔法だ。

アルナがそれをマスターしたいと考えるのは、身を守るためだろう。

「もう一回説明してくれる?」

「うん」

何故《なぜ》か教える立場のシエラが諭《さと》されるようになりながら、シエラは再び説明を始める。

「手の先に魔力をガーッてして、ギュッとする。ゴワゴワしてくるけど、もっとギュッとするんだよ」

「……何となくは理解できたわ」

シエラの説明に何とか頷《うなず》くアルナ。

ちなみにシエラが伝えようとしているのは簡単に言うと「手の先に魔力を放出し、それを固めるようにイメージする。もし魔力が固まらず暴れ出すような感覚があっても、無理やり固定させる」というものなので、あながち間違ってはいない。

アルナからしてみれば、授業中は魔法に関してもきちんと説明できていたのに、教えるとなるとどうしてこうなってしまうのかという気持ちの方が大きいだろう。

これは、シエラがわかりやすく伝えようとして、逆にわかりにくくなっているパターンだった。

――元々、知識として持っていても、シエラ自身が感覚派なのも要因の一つだ。

実際、装魔術は基本的な魔法の発動方法である《方陣術式《ほうじん》》とはやり方が少し異なる。

魔力の放出のあとに必要な術式を次々と繰り出す必要があるのだ。

剣として魔力の存在を固定、具現化《ぐげんか》することをさらりとやってのけるシエラだが、そこに辿《たど》り着くのは並大抵《なみたいてい》の努力では叶《かな》わない。

アルナが改めて、シエラの前でそれを披露《ひろう》する。

「……ふぅ」

深い呼吸のあと――アルナの手元に魔力が集中していく。

そこに現れるのは小さな術式。

今はまだ、魔力という概念が集まっているだけだ。

やがてそれが《剣》を象《かたど》ろうとする。

少しでも集中が切れれば、その剣はすぐに霧《きり》のように消えてしまうだろう。

それほどに不安定なものだったが、アルナの剣はシエラのものとは対照的に青く、どこか幻想的なまでに青白く輝いていた。

「アルナ、綺麗《きれい》だね」

「っ!?」

シエラの言葉に動揺したのか、アルナの作り出した剣は霧散《むさん》していく。

「あ、綺麗な剣が……」

「そ、そうよね。剣のことよね」

「……？　アルナも綺麗だと思うよ」

「……面と向かって言われるのは恥《は》ずかしいからやめて頂戴《ちょうだい》」

「陰《かげ》で言えばいいの？」

「そういう意味じゃないわよっ」

すかさずシエラに突っ込みを入れるアルナ。

動揺して消滅してしまったが、アルナのコンディションが良い状態なら五分は維持《いじ》できるようだとわかった。

「シエラさんはどのくらい維持できるのかしら？」

「うーん、もう数えたことないからわからない。適当に置いとくから見といてもらってもいいよ」

シエラはそう言うと、作り出した《赤い剣》を地面に突き刺す。

アルナからすると、手元から離れても消えずに残っているというのは驚きだった。

「これって、このまま消えないものなのかしら……？」

「維持できる限りは。あまり遠く離れすぎると消えるかも」

普段から剣を投げて扱うことも多いシエラには慣れたものだった。

およそアルナには想像できるレベルのものではなかった。

「……一先《ひとま》ず、十分維持するところから始めてみるわ」

「それでいいと思う。わたしも最初はそうだったから」

そのシエラの発言を聞いて、安堵《あんど》した様子のアルナ。

同い年なのに色々と規格外なシエラにも、そういう駆け出しの時代があったのだと感じて、少しばかり親近感を覚えるアルナだった。

29 シエラ、アルナのことを考える

シエラによる魔法――主に《装魔術》の指導は日が暮れる頃まで続いた。

ひたすらに《剣》の維持《いじ》の練習を続けたアルナの呼吸は荒く、もはやまともに魔力を練《ね》れる状態ではなかった。

一方のシエラは、未《いま》だに地面に突き刺した《赤い剣》が残ったままだ。

「はっ……はっ――す、すごいのね。シエラさん」

アルナが横目でそれを見て言う。

「慣れたらアルナもできるようになる」

シエラは素直にそう答えた。

他人に教えること自体初めての経験であるシエラだったが、アルナには才能があると言えた。

幼《おさな》い頃から続けているシエラに比べたら、今アルナができなくても当然だ。

「そう、ね。できるようになるといいけど」

「装魔術が使えるようになりたいのは、自分を守るため？」

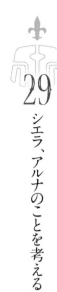

「ええ、その通りよ。私が強くあれば……それだけカルトールの家は安泰《あんたい》とも言えるわ」

そうは言うが、アルナの周囲にカルトール家に関《かか》わる者の姿はない。

アルナ一人が、家のために努力しているようにも見えるが……。

「付き合わせてごめんなさいね。帰りましょうか？」

アルナは呼吸を整えるとそう言って、シエラに微笑《ほほえ》む。

「うん――アルナ」

「なに？」

「アルナは笑顔の方が似合ってるよ」

「また突然ね……そう言ってくれるのはありがたいけれど」

少し困ったような表情で答えるアルナ。

褒《ほ》められるのにはあまり慣れていないようで、少し恥《は》ずかしそうでもあった。

「笑顔が似合うっていうのは皆そうよ。シエラさんだってそう」

「わたし？」

「ええ、以前見せてくれた笑顔はとても良かったわよ？」

「……よく覚えてない。わたし、そういうの苦手だから」

感情の起伏《きふく》がほとんどないシエラは、他人から見ればかえって表情の変化がわかりやすいのだが、どうやら本人は自覚していないらしい。

怒ったときや楽しいとき――自然と表情が変わることを、シエラは上手《うま》く理解できていない。

「覚えてないっていうのは自然とできたって証拠よ」

「そうなの？」

「ええ、シエラさんが作り笑いとかしたいって言うなら別だけれど」

「作り笑い？」

「そう、悲しい時でも笑ってたり、つらい時でも笑っていたり――そういうことも必要になる人間もいるわ」

「……難しいね」

「シエラさんは今のままでいいと思うわ。自然な貴方《あなた》には、とても憧《あこが》れるもの」

そう言うアルナの表情は、先ほどとは少し変わって悲しそうだった。

何か思うことがあるとき――アルナはそういう表情をするのだ。

その理由を聞いても、アルナはきっと答えてはくれない。

「ねえ、シエラさん。また今度練習付き合ってくれる？」

「いつでもいいよ、明日でも」

「シエラさんは、私ばかりじゃなくて、他の子とも遊んだりしないとダメよ？」

「……それ、アルナはするの？」

「私はいいの。シエラさんの好きなように、ね？」

「……うん」

アルナの言葉に頷《うなず》くシエラ。

言いたいことはシエラにもわかる――けれど、シエラにとって友達と言えるのはまだアルナしかいない。

アルナがそう言うのならと納得はするが、シエラはアルナと一緒にいたいと、そう思っていた。

＊＊＊

一人の男が、王都へとやってきた。

ところどころが黒ずんだ鎧《よろい》に身を包み、その表情を窺《うかが》うことはできない。

男は、少し前にやってきた少女と同じように、王都を囲う城壁の上から――都を見下ろす。

「懐《なつ》かしいではないか、この景色も」

「到着したのなら連絡くらい寄越《よこ》しなさいよぉ、エルム・ガリレイ」

男の背後からやってきたのはルシュール。

口調こそ女性のようだが、見た目はれっきとした男――そんなルシュールを見て、エルムは訝《いぶか》しげな表情で言った。

「何だ、そのふざけた姿は」

「あら、ふざけてなんかないわよ。アタシ意外と気に入って――」

「目障《めざわ》りだ、戻れ」

「うふふっ――あははっ、仕方ないなぁ、君は。結構キャラが立っていて気に入ってるんだよ、ボクは」

ルシュールの声色《こわいろ》が変化する。

それだけではない――屈強《くっきょう》な身体《からだ》つきだったルシュールの身体は小さく、少年のようでも、少女のようでもある外見に変わっていく。

ルシュールは、エルムの隣に立つ。

「これでいいかい？」

「何故《なぜ》姿を偽《いつわ》る必要がある？」

「色々とやりやすいからさ。相手によって姿を変えるというのはね……何よりも暗殺に向いていると言ってほしいなぁ。君と違って」

「世間《せけん》話をするために呼んだわけではあるまい。この俺を呼んだのだ……それ相応の相手なのだろうな？　俺は今エインズを追いかけるのに忙しいのだが」

「あははっ、相変わらずだね。うん、でもだからこそ――君の望む存在にもっとも近いと言える相手だよ」

「……ほう。そいつの名は？」

エルムが問いかけると、ルシュールは楽しそうな笑みを浮かべて答えた。

「シエラ・ワーカー――二本の《赤い剣》のうちの一つであり、エインズの娘の可能性が高い」

「……エインズの娘、だと？」

「どうだい、やる価値があるんじゃないかな？」

「ふはっ、それが本当ならな……」

そう言いながらも、エルムの周囲の大気が揺らめく。

《竜殺し》エルム・ガリレイ――その名の通り、この世界において数えるほどしか存在しない単独で《ドラゴン》を殺すことができる男だ。

「どこにいる、その娘は」

「まあまあ落ち着きなよ。どうせ君に何を言っても無駄だろうから、タイミングだけはボクの指示したときにやってほしいな」

「……いいだろう。暗殺者らしくやれ、というやつだな」

「そういうこと」

ルシュールが答えると、エルムはそのまま城壁から飛び降りる。

相変わらず目立つ男だと――ルシュールはその背中を見送って笑った。

30 シエラとアルナ

翌日以降も、アルナの《装魔術》の練習は続けられた。

維持《いじ》できる時間は少しずつだが延《の》びてきている。

シエラはクラスメートから勉強などに誘われた時は付き合うこともあったが——短い時間で切り上げてアルナのところへと戻っていた。

別のクラスには、シエラのことを大貴族のペットのようだと嫌味を言う者もいる。

だがシエラはそんなことは気にせずに、アルナと接していた。

どちらかと言えば、そういうことを気にするのはアルナの方だ。

「……シエラさんは、私と一緒にいて嫌にならない？」

夜——練習を終えてやって来た大浴場で、不意にアルナがそう問いかけた。

「なんで？」

当然のごとくシエラは聞き返す。

嫌ならば一緒にいようなどとはしないからだ。

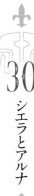

「その、私と一緒にいると色々言われる、だろうし。危険だって……」

「わたしは嫌じゃないよ」

「それなら良いけれど、クラスメートの子とも仲良くするのよ?」

「それ、アルナが言うの?」

シエラも思わず突っ込みを入れてしまう。

アルナは「私はいいのよ」と言いながらも、天井を見上げた。

そうは言うが――やはりこういうときのアルナは少しだけ悲しそうな表情をする。

ただ、それはほんの一瞬のことで、すぐにいつものアルナの表情に戻る。

――なんだかんだ言いつつも、アルナの面倒見《めんどうみ》の良さは群を抜いていた。

実際今も、放っておくと洗い方が雑になりやすいシエラの髪を洗い終えたところだ。

肩を並べて二人で風呂に入るのも日課になっている。

「アルナと一緒にいるの、楽しいから」

「そう、かしら。私は貴方《あなた》にできることなんてあまりないけれど」

「髪洗ってくれる」

「それは楽しいじゃなくて楽なだけでしょう?」

「美味《おい》しいものも知ってる」

「そうやって褒《ほ》めて新しいところに連れていってもらおうって魂胆《こんたん》でしょう? 甘いものは控《ひか》

えないとダメよ」

──シエラの甘い考えは筒抜けだった。

それでも、こんな他愛《たあい》ないやり取りを、シエラは楽しいと感じるようになっていた。

（これが、友達ってものなのかな）

エインズが酒場で友人と飲んでいたとき、彼は楽しそうだった。

──エインズは強く、そして友人もいた。

だがシエラは強くても友人はいなかった。

……今はちょっとだけ父に追いついたかもしれない、とシエラは少しだけ嬉《うれ》しそうな表情を浮かべる。

「何か良いことでもあったの？」

「……どうして？」

「嬉しそうだもの。シエラさん、顔に出やすいって言ったでしょう」

「そんなこと言ってた気がする」

以前は隠す努力をしようかとも思った。

顔に出るというのは、言い換えれば弱点を知られるということ──戦場では命取りになる。

けれど、今はそんなことは考えない。

正直、アルナを狙《ねら》った暗殺者程度ならば、シエラが手加減しても勝てるレベルだった。

表情を隠さずとも、圧倒できる。

それに、何があってもシエラはアルナを守り抜けるという自信があった。

いざとなれば、アルナに仕事として依頼してもらえばいい——そうすれば自分は、戦える。

シエラを見て、アルナはどこか安堵《あんど》したような表情を浮かべながら、思いついたように言った。

「明日は休みだし、買い物にでも行きましょうか」

「買い物？」

「ええ、私の練習ばかりに付き合わせても悪いから、気分転換にね」

「わたしは別にいいけど、甘いものがいい」

「もうっ、ちゃっかり行きたいところ言っているじゃないの。……まあ、たまには好きな物でも食べに行きましょうか」

「うん」

シエラの言葉に、また嬉しそうに頷《うなず》くシエラ。

休みの日も、二人で出歩く機会は増えていくのだった。

＊＊＊

部屋に戻ったアルナは、脱力するようにベッドに横たわる。

《装魔術》の訓練は特に魔力の消費が激しく、それを毎日行っているアルナには負担が大きかった。

それでも学園での授業もきちんと受けて、成績を落とすようなことはない。

アルナ・カルトールはカルトール家の長女として優秀な存在であるべきで——その点についてもアルナは全《まっと》うしていた。

貴族の中でも、《王位継承権》を持つ家系という特殊な環境で育ったアルナ。

決して、仲の良い者がいなかったわけではない。

かつては、カルトール家に仕《つか》える者たちとも交流があった。

少なからず、アルナのことを迎えてくれる者はいる。

「……」

静かに天井を見上げながら、アルナはかつてのことを思い出す。

——アルナ、お前はこの家を継ぐ者として生きるのだぞ。

——アルナ……お前に求めることは、当分の間、矢面《やおもて》に立つこと。それだけだ。いつ死のうが一向に構わん。

「……っ」

父から受けた二つの言葉に、身体《からだ》が震える。

弟が生まれる前のアルナは、本当の意味でカルトール家を継ぐ者だった。

それが今では、弟のために生きる存在となった。

否《いな》——アルナが生きている必要も、カルトール家にはなかったのだろう。

だからこそ、今があるのだから。

それでもアルナは父も母も、こうなった原因である弟も恨《うら》むようなことはしなかった。

少なくとも、アルナは弟のことを大切に思っている。

どう思われていたとしても、両親のことだってアルナは尊敬し慕《した》っている——いっそ嫌いになれたら楽だったかもしれないが、アルナは少しばかり優しい子に育ち過ぎていた。

優しいからこそ、シエラを利用しようと考える自分が許せなかった。

同時に、そんな自分と一緒にいて楽しいと言ってくれるシエラのことは、大切にしたいとも思っていた。

（私も、誰かと一緒にいたいって思うくらいは……いい、のよね？）

——そんなこと、本当は望んではいけないのかもしれない。

友達として一緒にいる一方で、アルナは自分の身を守るためにシエラを利用している。

それはどうしたって、打算的で不純で、醜《みにく》い考えだ。

けれどアルナは、その醜さを十分に理解した上で、シエラに失望されてしまうことも覚悟の上で——シエラと、友達としていたいと思っていた。

こんな自分と、シエラが友達でい続けてくれるのかはわからない。
けれどいつか胸を張って、一切の不純なく本当の友達だと言える日が来れば――と。
（明日は、シエラさんにも、楽しんでもらえるかしら……）
そんなことを思いながら、アルナは眠りにつくのだった。

＊＊＊

部屋に戻ったシエラは、外の景色を眺《なが》めていた。
寮から見る眺めはいつもと変わることなく、月明かりに照らされた木々がよく見える。
自然の景色は心が落ち着き、シエラにとっては見ているだけでも飽《あ》きない。
だが――
（今は、アルナと一緒にいる方が落ち着くかも）
シエラの傍《そば》にはいつもエインズがいた。
エインズの代わりだとは思わないが、アルナはシエラにとても優しくしてくれる。
一緒にいて素直に心地よいと感じる。
（明日は甘いもの食べて、それから……買い物？）
ふと、シエラは思い立つ。

アルナは何をしたら喜ぶだろう——あまり考えたことはないが、クラスメートが物をもらって喜んでいるのを見たことがある。

シエラも、甘いものを買ってもらえれば喜ぶ。

(アルナが喜びそうなもの……)

夜遅くになるまで、シエラはそんなことを考えるのだった。

31 シエラ、甘い物尽くし

王都の大通りは、相変わらず賑《にぎ》わいを見せていた。

人通りが多い中、シエラとアルナはその間を縫《ぬ》うようにして移動していく。

シエラがアルナの手を引いて先導する形だった。

人混《ひとご》みの中、シエラは抜け道でも見つけるように進んでいく。

この中でも、シエラなら暗殺者たちの殺気に気づくことができる。

学園内でも外でも――アルナが狙《ねら》われているという事実は変わらない。

それでもシエラと一緒に出かけようとアルナが言い出したのは、シエラのためなのだろう。

人混みを抜けてある程度落ち着ける場所に着いてから、二人は今日の行き先について話し合うことにした。

「どこに行けばいいの？」

「シエラさんは甘い物がいいんでしょう？」

「うん」

「そうね……この近くに美味《おい》しいって噂《うわさ》のパン屋さんがあるらしいけれど、そこはどう？」

「いいよ、そこに行こう」

アルナの提案を受け入れるシエラ。

大通りから少し外れたところにあるパン屋に二人は向かう。

途中——あちこちの看板《かんばん》にシエラが目を奪われつつも、今度はアルナの先導によって目的地へとたどり着いた。

「……シエラさんは食べ歩きの方がいいかもしれないわね」

「どうして？」

「どうしても何も、途中で色々なものに目を奪われていたじゃない」

「アルナも行きたそうだったから」

「うっ……まあ、否定はしないわ」

シエラが反応するものは、大体いい匂《にお》いを漂わせていたり、見た目からしても美味しそうだったり——人より目も鼻も鋭敏なシエラが選ぶものは良いものが多い。

本人に選ぶ意思があるときに限るが。

パン屋に入った二人は、それぞれ気に入ったパンを選んで買うことにした。

店の中には豊富な種類のパンが並び、店で買ったものをそのまま食べられるようにテラス席が用意されている。

シエラとアルナは向かい合うようにして座る。

シエラが選んだのは、干した果物を使ったパンやクリームが詰まったパンなど相変わらず甘い物に偏《かたよ》っていた。

一方のアルナは見た目重視。

「……動物？」

「ふふっ、可愛《かわい》いわよね。私、こういう趣向を凝《こ》らした感じのものが好きなのよ」

笑顔でそう答えるアルナ。

彼女が選んだパンは、犬や猫をモチーフにしたものだ。

シエラは、何となくアルナの買ったパンを見て思う。

(可愛いものが好き？)

シエラにも可愛いと感じるものはある。

猫や犬――それこそ魔物でも見た目が愛らしいものにはそう感じる。

たとえ可愛らしい魔物だったとして、仕事であればシエラは容赦《ようしゃ》しない。

今のシエラなら、「可愛い」という意見に同意しながらも《赤い剣》を振るうだろう。

「シエラさんは飲み物、何にする？」

テラス席を用意しているだけあって、ある程度ゆっくりくつろげるように飲み物も取り扱っていた。

シエラはメニューを広げて考える。

果物の名を冠《かん》した飲み物は間違いなく甘いだろう――だが、他にもいくつか気になるものがあった。

「メロンソーダがいい」

「また甘いものを選ぶのね……」

「ダメ？」

「またそういう顔を……まあ、今日はいいってことにしましょう。私はコーヒーにするわ」

「アルナ、コーヒー好きなの？」

「そうね。苦味があるのも良いと思うし、貴方《あなた》は飲まないかもしれないけれど、ミルクや砂糖を入れればコーヒーだって甘い飲み物になるのよ？　もちろん入れすぎはよくないけれど」

「そうなんだ」

次はコーヒーを頼んでみよう――アルナの話を聞いて、そんなことを考えるシエラ。

黙々と甘いパンを食べながら、さらに甘いジュースを口にするシエラの姿に、アルナが苦笑いを浮かべる。

「……貴方がいいのならいいのだけれど、胃もたれとか大丈夫なのかしら」

「？　よくわからないけど美味しいよ」

「それならいいのだけれど……」

アルナの口調はなんだか少し心配げであったが、当のシエラは気にすることもなく次々と食べていく。

元々傭兵《ようへい》生活を送っていて、身体《からだ》を動かす機会も多かったシエラの代謝《たいしゃ》は人よりも良い。

甘いものを多少取りすぎても問題はなかった。

さすがにこれは、食べ過ぎにも見えるが……

「さて、次は買い物にでも行く？　私の元々の目的はそっちなのだけれど」

「何か買うの？」

「色々と見たいものがあるのよ。シエラさんは何か買いたいものはないの？」

「わたしも……ある」

「あら、何を買うつもりなのかしら」

「……これから考える」

「そう？　なら、次は買い物で決まりね」

こくりと頷《うなず》くシエラ。

シエラの買いたいものは、あくまでアルナに渡すものだ。

（アルナはたぶん、可愛いものが好き……）

何となく、買う物の方向性は決まりつつあるシエラであった。

32 シエラ、買い物をする

パン屋で食事を済ませた後。

シエラとアルナが次に向かったのは、小物などを取り扱う商店だった。

アルナはティーカップなどにこだわりがあるらしく、見た目や雰囲気《ふんいき》の気に入ったものを買うのだという。

シエラからするとあまり興味の湧《わ》かないものだったが、アルナに連れられて商品を見ていく。

「こういうのとか、シエラさんはどう思う？」

「いいと思う」

「じゃあこれは？」

「いいと思う」

「……シエラさん、きちんと見てる？」

「見てるけど、よくわからないから。だから、アルナが選んだものなら、いい物だと思う」

アルナの問いかけに素直に答えるシエラ。

特にセンスが問われそうなものを聞かれても、返答に困るというのが本音だった。

「別に、良い物である必要はないのよ？」

「そうなの？」

「ええ、その……一緒に選んだものが良い物になる？　って言えばいいのかしら。こうやって誰かと選んだりすることもなかったから」

アルナが少し照《て》れた表情をしながら言う。

シエラにも、アルナの言いたいことは理解できた。

「どれでもいいなら、これとか」

シエラは一つのカップを手に取る。

花柄のシンプルなものだが、アルナもそれを見て頷《うなず》く。

「素敵《すてき》ね。シエラさん、こういうのが好きなの？」

「この花、父さんと山で見たことがあるから」

「お父様と？」

「うん。いいところだった」

「そうなのね。それなら、これを二つ買おうかしら」

アルナはシエラの選んだカップを手に取る。

シエラの父との思い出話はきっと良いものだろう――そうアルナは考えているが、シエラとエインズが山でその花を見たのはとある国の戦地で山間《やまあい》に散開《さんかい》した兵士と交戦したときのことだ。

そんな場所でも花の話をするくらい、親子には余裕があったとは言えるが。

アルナがティーカップを買おうと店員と話している間に、シエラも買う物を選ぶ。

(アルナは可愛《かわい》い物が好き)

アクセサリーのような小物ならアルナも付けやすく、シエラとしても可愛いと思える物を選びやすい。

シエラは一つのアクセサリーを手に取る。

「《ドラゴン》……？」

ぽつりとシエラが呟《つぶや》いた通り、手に取ったのはデフォルメされたドラゴンのアクセサリーだった。

この世界においても最強種として知られる存在ではあるが――本の登場人物に選ばれたり、あるいは伝承《でんしょう》があったりと、ドラゴンにまつわる物はあらゆるところで数多く取り扱われている。

このアクセサリーについてもまさにそうだろう。

その強さにあやかろうという意味で、お守りに使われていることもある。

(……可愛い、かな？)

シエラの感性からすると、普通のドラゴンに比べれば圧倒的に可愛らしいものだ。

ドラゴンのアクセサリーを筆頭に、シエラは色々な物を見て回る。

（……うん、やっぱり、これがいいかな）

シエラはプレゼント用に選んだアクセサリーを買うと、入り口付近で待っていたアルナと合流する。

「何か買ったの？」

「うん、ちょっとしたもの」

ポケットにしまったまま、それをすぐにアルナに手渡そうとはしない。

以前エインズが言っていた。

――女性に対してのプレゼントはムードが大事、と。

そんな酔っ払ったときのエインズの言葉を無駄に覚えていたシエラは、ムードなどまるでわかるはずもないのにタイミングを見計《みはか》ろうとしていた。

（戦いにおいてもそう……タイミングは確かに大事だよね）

――微妙な勘違《かんちが》いをしつつも、シエラはアルナと買い物を終えて店を後にする。

特に予定を決めているわけではなく、二人はまた道から外れて話し合う。

「次はどこ行きましょうか？　シエラさんはどこか行きたいところとかある？」

「どこでもいいよ」

「うーん、そう言われると困ってしまうのよね――」

「それなら、俺に付き合ってもらえねえか？」

アルナの言葉に続けて答えたのは男の声だった。

アルナが驚いた様子で振り返る。

そこにいたのは学園の講師を勤めていた男――

「マグニス、先生……!?」

「久しぶりだな、カルトール。それに、アルクニス」

「久しぶり」

「……何かご用ですか？」

シエラは特に警戒《けいかい》する様子もないのに対し、アルナはすぐにシエラを庇《かば》うような仕草《しぐさ》を見せた。

シエラに怪我《けが》を負わせて学園を追放されたのだ――アルナが警戒するのも無理はない。

そんなシエラとアルナに対し、ホウスは深々と頭を下げて、

「すまん、お前たちが警戒するのもよくわかる。だが、俺はお前たちに謝りに来たんだ」

そんな風に言ったのだった。

＊＊＊

夕刻前――日の入りを知らせる鐘《かね》の音がまだ王都には響いていない。

鐘の音は、王都にいる人々に時間を知らせてくれると同時に、もう一つの役割を持っている。

この鐘の音が何度も響くと、王都の近くで危険な状況が確認されたということの知らせになる。

例《たと》えば巨大な魔物の接近などが挙げられるだろう。

もっとも、ここ数年ではそのような事態は発生していないが。

学園から少し離れた噴水《ふんすい》のある広場に、アルナとシエラ――そしてホウスはいた。

形式的なものではなく正式に謝罪したいと、ホウスは二人に言ってきたのだ。

まだ警戒している様子のアルナに対して、シエラはいつもと変わらない様子で言う。

「わたしは気にしてない」

「お前はそう言うがな、俺は気にするんだよ。色々と悪かったな」

「……マグニス先生がシエラに謝りたいというのはわかりました。でも、どうして急に？」

「別に急でもねえさ。今日、俺は正式に講師職を除籍《じょせき》になった――改めてやっちまったことを反省したってだけさ」

噴水の前に座ると、ホウスは空を見上げる。

どこか清々《すがすが》しい表情をしたホウスに、アルナも以前との雰囲気の違いを感じたようで、

「……シエラはこういう性格ですから、きっと怒っていないというのは本当です。シエラのことだから、私が口出しするのも変かもしれませんが、私は先生のことは許していません」

「だろうな。だが、許してもらおうとも思ってねえさ」

アルナの言葉を聞いて、フッと笑みを浮かべるホウス。

「謝りたいって言ったのに許してもらうつもりはないって、どういうことなんですか？」

「別に、言葉通りの意味だぜ。許されるようなことはしてねんだろうさ、俺は。カルトール……お前は優秀な生徒だったからな。俺の言いたいことはわかるだろ？」

「……許されないと思っていることと、許される努力をするのとは違います」

そうはっきりと言うアルナ。

そんなアルナに対して、ホウスは俯《うつむ》きながら答える。

「お前は立派《りっぱ》な貴族だな」

「貴族とか、そういうのは関係ありません。私は――」

「アルナ、こっちに来て」

「？　シエラさん、どうしたの？」

不意にシエラがアルナの服の裾《すそ》を引く。

少し驚いた様子で、アルナがシエラの方を見た。

その表情はいつもと変わらない――だが、周囲に鋭い視線を送っているのはわかった。

「気づくのが早いな。まあ、俺の役目はあくまで時間稼《かせ》ぎだからよ」

「時間稼ぎ……？　何を言って──」

そこで、アルナも気づく。

いつの間にか周囲には人の姿がなく、アルナとシエラと、目の前にいるホウスしかいないということに。

「大掛かりな魔法は発動にも時間が──これくらいなら楽なもんだよなぁ？」

にやりと笑うホウス。

それを見て、シエラは理解した。

周囲に感じる気配も別の魔導師によるものだと──気づいたときには、地面に広がる巨大な《方陣術式《ほうじん》》の光に包まれていた。

シエラは咄嗟《とっさ》にアルナを抱き寄せる。

強い光が視界を塞《ふさ》ぎ、それが晴れると広がったのは都の風景ではなく、木々が生い茂る森の中だった。

「ここ、は……？」

アルナが周囲を見渡す。

だが、状況を確認する前に、シエラの声が耳に届く。

「アルナ！」

それは今まで聞いたこともない、シエラの焦《あせ》った声だった。
アルナの後方の空から降ってきたのは隕石《いんせき》——そう見間違えるような魔力の塊《かたまり》。
それが落下すると同時に、森は爆風に包まれた。

33 シエラと《竜殺し》

——その男の名はエルム・ガリレイといった。

《竜殺し》という名を冠《かん》するほど、エルムはドラゴンを倒してきた。

ドラゴンを倒せる人間は、地上に数えるほどしかいない——そう言われている中で、竜殺しの名を冠しているのだ。

それほどの強さを持った男が目指した称号《しょうごう》は、あくまで《最強》のみ。

最強種であるドラゴンも倒せる彼にとって、それはもっとも近い称号であると同時に、遠い称号でもあった。

《傭兵《ようへい》》エインズ・ワーカー。その男と出会った時から、エルムの目標はただ一つ——彼を超えることだけだった。

＊＊＊

大きな爆発音のあと、周囲は静寂《せいじゃく》に包まれた。

パラパラと砂埃《すなぼこり》が散っていく中、徐々《じょじょ》に視界が晴れる。

地面を抉《えぐ》ったクレーターの中心に立っていたのは、一人の男だった。

「ふむ、今の反応速度にその《赤い剣》――エインズの娘というのは間違いなさそうだ」

鎧《よろい》に反響する低いくぐもった声で、それでも嬉《うれ》しそうに男は言った。

男が見据《みす》える先に立つのは、シエラだ。

シエラの横には、呆然《ぼうぜん》とした表情で男を見るアルナがいる。

巨大なクレーターが生じるほどの桁違《けたちが》いの力――それこそ、隕石《いんせき》でも降ってきたかのように思えたそれは、たった一人の男によって引き起こされたものだった。

「あなた、誰？」

攻撃をギリギリのところでかわしたシエラは問いかける。

エインズの娘――シエラのことをそう呼ぶとしたら、少なからず父の知り合いである可能性がある。

黒ずんだ鎧の男はゆっくりと一歩ずつ歩を進めた。

「俺の名はエルム・ガリレイ――《暗殺者》だ」

「……自分で暗殺者って言った。そんな人、初めて見たよ。それに、すごく目立ってるね」

「ふはっ、よく言われる」

思わずシエラは突っ込みを入れてしまう。

それに笑って答えるエルム。

これほどまでに目立ちながら暗殺者を名乗る者など見たことがない。

「嬉しくてつい名乗ってしまった。まあいいだろう……俺は別に——」

「ごほっ、くそ！　殺す気か⁉」

エルムの言葉を遮《さえぎ》るように、少し離れたところから出てきたのはホウスだった。

土埃《つちぼこり》にまみれた彼がエルムを睨《にら》む。

「誰だ、お前は」

エルムはシエラと同じような言葉をホウスに投げかける。

ホウスは怒りに満ちた表情で叫ぶ。

「依頼人だ！　こいつらを誘《おび》き寄せるだけでいいとは聞いてたが、まさか死にかけるなんて思ってなかったぜ！　クソッ！」

「対象の傍《そば》にいるから殺してよいものだと思っていた、すまんな」

「な……このっ……！」

「マグニス、先生……？　どういうこと、ですか」

「あ？　言葉のままだろうが。俺がお前らの暗殺を依頼した。そういうことだ」

「……っ！　そんな……どうして」

アルナの表情が驚きに満ちる。

ホウスは悪びれる様子もなく答えた。

「はっ、お前らが悪いのさ。特にアルクニス……お前は俺の魔導師としてのプライドに傷をつけた」

「……！　そんな理由で、シエラさんを狙《ねら》ったの!?」

「そんな理由、だと？　魔法で生きてきた人間にしかわからねえよ……てめえみたいなガキにはわからねえ」

シエラはホウスの方をちらりと見るが、すぐにエルムへと視線を戻した。

「正解だな。あと少し視線を逸《そ》らしていればお前の首は飛んでいただろう」

そう言いながら、エルムが剣を構えた。

それは――決して低くはないエルムの身長を優に超える大剣。

《漆黒《しっこく》の剣》がシエラとアルナに向けられた。

シエラも一歩前に出る。

「シエラさん……」

不安そうにシエラの名を呼ぶアルナ。

それにシエラは、

「大丈夫」

と、アルナの方を見ることなく応じ、さらにひとつ尋《たず》ねた。

「この人を倒したら、またアイス買ってくれる?」

その問いかけは、仕事の契約を結ぶための形式的な言葉だった。

それに対して、アルナはすぐに答えられない。

静寂のあとに、シエラが確認するように再び問いかける。

「……アルナ?」

「……ええ、いいわ」

静かな声で、アルナが答えた。

シエラはこくりと頷《うなず》いて前に出る。

赤い剣を構えると、エルムと対峙《たいじ》した。

エルムもまた、それに応《こた》えるように動く。

互いの距離が、十数メートルほどになったところで二人はピタリと動きを止めた。

シエラは表情を変えることもなく、静かに言い放つ。

「わたしは、あなたを殺すよ」

「できるものなら――」

エルムが答える前に、シエラが動いた。

地面を蹴《け》って、エルムとの距離を詰める。

エルムの持つ剣は分厚く、禍々《まがまが》しいほどに漆黒に染まったものだった。

剣というより、鉄の棍棒《こんぼう》とでも言った方が正確な表現なのかもしれない。

他方、シエラの持つ赤い剣は直剣だ。

間合いで言えばエルムの方が広く有利に見えるが――シエラのレベルになれば間合いなど関係ない。

相手が振るうよりも早く間合いを詰めればいいのだ。

だが――それは相手も同じことだった。

「人の話は最後まで聞くものだ」

「っ！」

残りわずか数センチのところで、シエラは視界の端に黒い塊《かたまり》を捉《とら》える。

それはエルムが振りかぶった漆黒の剣――シエラが距離を詰めるよりもわずかに早く、エルムの剣がシエラに届いたのだ。

シエラは咄嗟《とっさ》に赤い剣でその一撃を防ぐ。

強い衝撃がそこから伝わると同時に、シエラの小さな身体《からだ》が吹き飛ばされる。

「……!?　シエラさんっ！」

アルナの動揺する声が響いた。

シエラはすぐに体勢を立て直し、エルムの方を見る。

そこにエルムの姿はない。

(右……左——上！)

シエラが上空を確認すると、剣を天高く掲《かか》げながら、シエラの方へと跳《と》んでくるエルムの姿があった。

剣に強い魔力を纏《まと》わせた状態で、エルムがそれを振り下ろす。

生み出されたのは黒い衝撃波——周囲の木々が衝撃波に吸い込まれるように揺れる。

シエラも同様に魔力を込めて、剣を振るう。

赤い剣と黒い剣がぶつかり合い、より大きな衝撃を生み出した。

相殺《そうさい》はした——シエラはそう判断したが、霧散《むさん》していく魔力の塊の中を突っ切るようにして、エルムがなお迫り、シエラへと剣を振り下ろす。

シエラはそれを剣で防ぐが、上空からの攻撃の勢いを消しきれない。

華奢《きゃしゃ》な身体が後方へと飛ばされ、大木に叩《たた》きつけられる。

「……っ」

わずかにシエラの表情が揺れる。

押し負けたという事実が、シエラにも理解できたからだ。

「……解《げ》せんな」

攻撃の手を止めたエルムが、不意にそんなことを口にする。

シエラは首をかしげて問い返す。

「何が？」

「エインズ・ワーカーと同じレベルの強さと聞いていたが……とてもそうは思えんということだ。決して弱いというわけではない──だが、この程度ならば俺がやるほどでもない。それでも……不思議なことだが、俺から見てお前がまだ本気を出しているとも感じない。まだ、何か隠しているな？」

エルムの感じている疑問──それは間違ってはいなかった。

シエラは、今でもエインズの教えに従おうという強い意志を持っている。

それが命のかかった戦いであったとしても例外にはならない。

シエラは表情を変えることなく答える。

「別に、何もないよ」

「……だとしたら拍子《ひょうし》抜《ぬ》けもいいところだ。いいだろう、さっさと殺して終《しま》いにしよう」

「──いいよ、やってみて」

エルムの言葉を聞いて、シエラの表情がようやく変わる。

以前、ホウスによって頭部に一撃を受けたときのように、シエラは笑っていたのだった。

34 それぞれの戦い

およそアルナには手の出しようのない戦いだった。

むしろ、近くにいれば巻き込まれてしまう――そう懸念《けねん》して、アルナは距離を取ろうとする。

シエラとエルムの二人が剣を合わせただけで、大気が揺れるような感覚を、アルナも感じていた。

「化け物同士の戦いだな、こりゃあ」

ホウスが二人を見て、そんなことを呟《つぶや》く。

「貴方《あなた》……！　講師としてだけでなく、人としても間違っているわ！」

「この状況でも説教か？　お前を守ってくれるあいつは今この場にはいないんだぜ」

「……！」

アルナが身構える。

だが、ホウスは肩をすくめて、

「シエラさん……」

「元教え子のお前には情けをかけてやりたいが」

「……貴方に教えてもらった覚えなんてこれっぽっちもないわ」

「違いねえ。これを機に、また傭兵《ようへい》生活にでも戻るしかねえか」

元傭兵――学園の講師に実戦経験のある者が在籍《ざいせき》することは少なくない。

ある程度の実力も保証され、魔法の知識も優《すぐ》れている者が多いからだ。

実際、ホウスも優秀な魔導師ではあった。

――決定的に、その性格が歪《ゆが》んでしまっているが。

「心配すんなよ。何のために依頼したと思ってんだ。お前も含めてあの男に殺されるんだ。それまで残りの人生を楽しんどけよ」

「……！　貴方――」

アルナの声を遮《さえぎ》ったのは、火の魔法だった。

アルナの周囲の木々に燃え移り、途端《とたん》に山火事のように広がっていく。

「だが、俺も待っている間暇《ひま》なんでな。あいつへの鬱憤《うっぷん》は、お前で晴らさせてもらうぜ」

ホウスはそう言い放つと、《方陣術式《ほうじん》》を展開する。

九つから構成されるそれは中級魔法――アルナを殺すためではなく、痛めつけるためのものだ。

「《ファイア・ブレス》ッ！」

ゴウッと燃え盛る炎がアルナに迫る。

防御《ぼうぎょ》か回避か――アルナの判断は早かった。

その場から駆け出して、ホウスから距離を取る。

元講師であり、実戦経験もあるホウスと学生でしかないアルナでは実力に違いがありすぎる。

「はっはっ、逃げろ逃げろ！」

「……くっ！」

ホウスの炎から、アルナは逃げることしかできない。

（シエラさんが戻ってくるまでは――戻ってくる、まで？）

そう考えた瞬間、アルナの頭に別の考えが過《よぎ》る。

最初は一人で生き抜くつもりだった。

シエラと出会って、シエラが守ってくれるからと――それでアルナは強くなることをやめたわけではない。

（そうよ、私は……自分で自分を守れるようになりたかった。そして、それができたら――）

生きるために利用するなんて考えることもなく、きっと誰かと一緒にいられる。

そのために強くなる必要が、今のアルナにはあった。

アルナが走るのをやめる。

その後ろから、ホウスがゆっくりと迫る。

「なんだ、もう逃げるのはやめたのか？」

「……ええ、もう逃げないわ」

「つまらねえな。もうちょっと遊ばせてくれよ！」

ホウスが叫びながら、炎を繰り出す。

それをかき消したのは――青白く輝く一本の剣だった。

「っ⁉　てめえ、それは……」

ホウスが驚きの声を上げる。

アルナは心の中で、シエラの言っていたことを思い出す。

（ガーッてして、ギュッとする……だったかしら。本当に、変な教え方）

思わずくすりと笑みを浮かべたアルナは、すぐに表情を戻しホウスと向き合う。

剣先を向けて、ホウスへと宣言する。

「私は、逃げるために生きているわけじゃない。私の存在が、カルトール家の未来にも繋《つな》がる。だから、私が貴方を倒す！」

「……《装魔術》だと？　見るだけでも腹が立ってくるぜ……てめえ覚悟はできてるんだろうな？」

怒りに満ちたホウスの感情を表すように、周囲の炎が激しさを増す。

アルナはそんなホウスに対して、決意に満ちた表情で向き合った。

＊＊＊

シエラには、今まで楽しいと思えるものがほとんどなかった。

それは彼女が殺伐《さつばつ》とした戦場で育てられたからであり、戦うことが彼女にとって最も楽しいことだったからである。

強敵と戦うことこそが、シエラにとって一番の楽しみで。

そして、目の前のエルムが今まで戦った相手の中でも五指に入る実力者であると、シエラは感じていた。

だから、今の……いや、今までのシエラであれば、この状況を純粋に楽しんでいたかもしれない。

（けど……最近は……）

剣を交《まじ》えながら、シエラは思考する。

一振り一振りがまともに受ければ致命傷になりかねない一撃——そんな状況でも、シエラは考える。

だが、それをいつまでも許すような相手ではない。

「《ダーク・コール》」

わずかに距離を取った瞬間に、エルムが展開したのは《方陣術式》。

シエラは描かれた術式から何の魔法が発動するかすでに把握《はあく》していた。

さらに後方へと跳躍《ちょうやく》する。

地面からシエラのもとへと動き出したのは、いくつもの人間の手のようなもの。

それがシエラを追いかけるように動くが、剣の一振りでそれをかき消した。

すぐにエルムが距離を詰める。

横一線――シエラはそれを剣で防ぐが、横から打ち上げるような攻撃はシエラの軽い身体《からだ》を浮かせる。

エルムが大剣を振り切ると、シエラは再び吹き飛ばされる。

「二度は効《き》かない」

シエラは空中で体勢を立て直すと、木の幹に足をつける。

そのまま一瞬張り付くようになるが、すぐに足をバネにしてエルムとの距離を詰めた。

駆け抜けるように放つ一閃《いっせん》――だが、防がれる。

《暗殺者》を名乗ったエルムだが、以前やってきた者たちとはまるで別格だ。

むしろ、まともにシエラと戦おうという時点で、エルムの振る舞いは暗殺ではない。

「本当に暗殺者らしくないいね」

「だろう？　よく言われるのだが……男は目立ってこそ輝ける。そうは思わないか？」

「よくわからない」

「わからんだろうなぁ！」

ならば何故《なぜ》聞いたのか、そんな疑問を口にする前に、エルムが動く。

再び剣と剣がぶつかり合う。

エルムの持つ剣もまた、《装魔術》で作られた剣だ。

そうでなければ、いくら魔力で強化した剣であっても、シエラの剣と打ち合えるのは数撃程度に過ぎない。

仮に装魔術が使えるにしろ、シエラと打ち合えるのはやはり異様なことだ。

訓練された暗殺者、とある国で英雄と呼ばれた騎士――そんな者たちでも、シエラと渡り合うことはできないからだ。

「やはり、解《げ》せんな」

打ち合いの最中、不意にエルムが口を開く。

その間にも、二撃、三撃とシエラが追撃《ついげき》を加えるが、いずれもエルムは防ぎ切る。

やがて、互いの剣がぶつかり合って、拮抗《きっこう》した。

「そんなにおかしい？」

「おかしいとも。俺はお前を殺すつもりで戦っている。だが、お前は死なない」

「戦ってるんだから当たり前だよ」

「そうではない。俺が殺す気で戦っているのだ」

エルムは自分が殺す気で戦っているのにシエラが死なないのはおかしい――そんなことを言っている。

「それはわたしも同じだよ。殺そうとしてるのになかなか死なない」

「ふはっ、言うではないか。今の俺から見て……お前が俺に勝てる可能性はゼロだ」

はっきりとそう宣言するエルム。

戦いの中でのみ、シエラの思考は研《と》ぎ澄《す》まされる。

次に相手がどう動くか、どうすれば一撃をエルムに叩《たた》き込むことができるか――考えることはそればかりだ。

そんな中でも、時折シエラには雑念が入る。

戦って、戦って、戦って――ぐるぐる回る思考の中でしばしば意識されるのは、戦いよりも楽しいと感じたことがあるということ。

（そうだ、アルナと一緒のときだ）

何か大切なピースが、シエラの中で確かに嵌《はま》った。

アルナと出会ってから、彼女はいろんなことを教えてくれた。

学園での生活も、王都での遊びも。

シエラの脳裏《のうり》を過《よぎ》るこれまでの学園での日々には、いつだって隣にアルナがいた。

アルナがいてくれたおかげで、シエラは今の生活を楽しむことができている。

(そうか……わたし、アルナと一緒にいるのが楽しかったんだ)

まさか戦いの最中に気づくとは思わなかったので、シエラは目を瞬《しばたた》かせる。

「今度は何だ」

「……?」

「随分《ずいぶん》と驚いた顔をしているな。意外と表情が豊かではないか」

「うん、よく言われる」

(――そう。よく、アルナに言われた)

シエラは一瞬だけ口の端に笑みを浮かべる。

そして次の瞬間、再びシエラとエルムは互いに距離を取った。

エルムの剣に強力な魔力が帯びていくのが感じられる。

回避――打ち合いではなく、シエラがそう考えたのは、その一撃を放ったエルムに少なからず隙《すき》ができると考えたからだ。

シエラはすぐに動く。

(避《よ》けてからの一撃……これなら――)

動いたシエラは視界の端に、傷ついたアルナの姿を捉《とら》える。

避けなければならないというシエラの思考はすぐに切り替わった。

――エルムの一撃は、二人に向かって放たれた。

35 本当の気持ち

何が起こったのだろう――アルナはそれをすぐには理解できなかった。

ホウスと戦っていたアルナは追い詰められて、気づいたときには目の前にシエラがいた。

（それで……）

目の前に広がる光景に、アルナは息を呑《の》む。

木々は軒並《のきな》み薙《な》ぎ倒され――抉《えぐ》れた地面がまるで道のようになっている。

攻撃を受けたと理解するのは難しくなかった。

（なら、どうして私は……？）

ポタリと、頬《ほお》に水が落ちるような感覚に気づく。

そして、聞こえてきたのはシエラの声だ。

「アルナ、大丈夫？」

「シエラ、さ――」

視界に入ったのは、頭から血を流すシエラの姿だった。

木にもたれかかったシエラが、アルナを抱きかかえている。

アルナはすぐに身体《からだ》を起こす。

頭だけではない——身体のあちこちに深手《ふかで》を負っている。

一方でアルナは、ホウスから受けた火傷《やけど》などはあるが、大きな怪我《けが》はなかった。

(私を庇《かば》って……！)

アルナは先ほどの光景を思い出す。

別の方向から受けた攻撃——つまり、エルムの攻撃からシエラはアルナを庇ったのだ。

巻き込まれないようにと立ち回るつもりが、ホウスとの戦いに夢中になって気づけなかった。

「防御《ぼうぎょ》の魔法なんてあまり使ったことなかったけど、上手《うま》くいったね」

深手を負いながらも、シエラはそんなことを口にする。

「上手くいったって……シエラさん大怪我しているじゃない！」

「……？　わたしは平気だよ？」

明らかに平気なようには見えない。

表情はいつもと変わらないが、出血しているからか顔色は悪い。

それでもシエラが立ち上がろうとする。

パサリと、シエラの懐《ふところ》からノートが落ちた。

それを拾おうとするシエラの手が、少し震えているのがわかる。

「……っ！　もう——もういいの、シエラさん」

「……アルナ？」

シエラの手を強く握り、アルナはそう言った。

これを言ってしまえば、きっとシエラは従ってくれるだろう。

しかし、それはアルナにとって、全《すべ》てを諦《あきら》めるということだった。

（でも、私はもう……）

これ以上、シエラに無理をさせたくない。

自分のような人間と一緒にいてくれたシエラだけは——唯一《ゆいいつ》の友達と言えるこの少女だけは、どうにかして生き延《の》びてほしいと、アルナはそう思ってしまった。

だからアルナは、静かに口を開く。

「まだ、動けるのよね？　それなら、シエラさんはもうここから逃げて」

「……逃げる？　どうして？」

「どうしても、よ」

「まだあの人、倒してないよ」

「……っ、倒さなくていいって、言っているのよ……」

「なん——」

「なんでもよ！　とにかくここから逃げるの！」

思わず声を荒らげてしまう。

シエラは少し驚いた表情をしていた。

「逃げる理由がないよ」

それでも、シエラはそんな風に返す。

諭《さと》すように言っても、シエラはきっと逃げるようなことはしないだろう。

だから、そうだ――伝えるべきことははっきりと伝える。

「……貴方《あなた》はもう、いらないと言っているのよ」

「……どういうこと？」

「そのままの意味よ。貴方が強いと思ったから、利用させてもらっただけだもの。その怪我じゃ――どう頑張っても勝てないでしょう。だから、貴方はもういらないの。……契約は、これでお終《しま》いよ」

アルナははっきりと言い切った。

「契約は、お終い……」

シエラが、アルナの言葉を繰り返す。

彼女にとっては、もっとも理解しやすい言葉だろう。

シエラが傭兵《ようへい》の流儀を重視していることは、アルナにもわかっていた。

仕事だから戦う――そうやって彼女は剣を振るい、アルナを守ってくれていたのだから。

だからこそ、契約を破棄《はき》してしまえば、シエラには戦う理由がなくなる。

それはつまり、アルナとシエラの決別を意味していて。

——ちらりと見たシエラの表情は、悲しそうに見えた。

「……っ」

アルナは唇《くちびる》を噛《か》みしめて、それでもそのままシエラに背中を向ける。

「……わかったのなら、すぐに消えて。私に貴方は必要ない」

「アル——」

「うるさいっ！　早く消えて！　あなたなんて……あなたのことなんて、最初っから友達だなんて思ってもいなかったんだからっ！」

ピシャリとそう言い切るアルナ。

シエラの方には振り返らない。

拳《こぶし》を握りしめて、アルナははっきりと拒絶の言葉を告げたのだ。

ふらりと立ち上がったシエラが、その場から去っていくのがわかった。

アルナがようやく後ろを見ると、そこにシエラの姿はない。

(シエラさんなら、逃げ切れるはず)

「興醒《きょうざ》めだ」

「……っ！」

やってきたのは、シエラと戦いを繰り広げていたエルムだ。

あれほどの攻撃を放っても、エルムに疲れた様子はない。

アルナと戦っていたホウスの姿はどこにもない。

アルナとシエラが相当な距離を飛ばされたということがわかる。

《漆黒《しっこく》の剣》を握り、エルムがアルナの前に立つ。

「まあいい……アルナ・カルトール――まずはお前を殺すとするか」

「……シエラさんはもう、戦うつもりなんてないわ。狙《ねら》うのはやめて」

「ふはっ、暗殺者に懇願《こんがん》するとは……なかなか面白《おもしろ》い娘だ」

アルナにできることはそれくらいしかなかった。

暗殺者相手に願ったところで、叶《かな》うはずもない。

けれど、アルナの目的は少しでも時間を稼《かせ》ぐことだ。

王都で見せたシエラの動きなら、多少でも時間があれば遠くへ逃げられるだろう。

あの状態のシエラであっても、姿をくらますくらいはできるはずだ。

「お前も対象だが、俺の興味はシエラ・ワーカーにしかない。エインズ・ワーカーの娘というから期待していたのだが、当てが外れたな」

「だったら――」

「だが……ダメだな。お前の言うことを聞く必要もあるまい。仮にも俺は仕事でここに来ているのだからな。お前を殺してから、シエラ・ワーカーを追うとしよう」

「……っ！」

わかっていたことだ。

アルナにできることはもう残されていない。

シエラですら勝てなかった相手に、アルナが勝つことなどできるわけがないのだから。

それでも、アルナは再び青白く輝く剣を作り出す。

ほんの少しでも長く生きる——それが、今のアルナにできることだ。

「それでいい。何もせず殺されるのはお前も不満だろう」

アルナに対して、エルムが剣を振りかざす。

(不満も何も、不満しかないわよ)

思わず笑ってしまいそうになる。

誰も殺されたいなんて思わない。

できることなら平和に、やりたいことをして生きていたいと思う。

(シエラさんとも、もっと……)

アルナは目を瞑《つむ》る。

そんなアルナの願いは、振り下ろされた剣と共に消える——ズンッと地鳴りのように響く音と衝撃が周囲に響いた。

＊＊＊

どうしたらいいのか、シエラにはわからなかった。

アルナに『いらない』とハッキリ言われてしまったのだ。

（わたしは……）

傷だらけの身体でも、シエラは森の中を駆けることができた。

まだ動ける、まだ戦える——けれど、アルナはシエラを必要としないと言った。

いらないと、友達ではないと、はっきりと拒絶された。

シエラにとって、アルナとのもっとも大きな繋《つな》がりは傭兵としての契約だった。

アルナを守る代わりに、シエラはアルナから報酬《ほうしゅう》を受け取る。

だからこそ、シエラはどんな相手とでも戦えた。

そのはずだったが——アルナは、シエラを利用していただけだと言うのだ。

（利用する……傭兵なら、使えなくなればいらないってこと、かな）

シエラは走りながら考える。

少し前に、父に告げられた別れのことを思い出す。

自分は不要だから捨てられる——そんな考えを持ったということを悟られないように、父には強がって見せた。

けれど、今回ばかりは強がることはできそうにない。

(父さんのときは、少し離れるだけだと思ってた。けど、今は違う……アルナは、わたしと一緒にはいたくないって……でも、本当に、そうなのかな?)

シエラは先ほどのアルナの表情を思い出す。

それは、アルナが時折見せる悲しそうで、何かを思い悩むような表情だった。

それに、今まで一緒に過ごしてきた中で見たアルナの笑顔や声、お節介《せっかい》なくらいに世話を焼いてくれた記憶が蘇《よみがえ》ってくる。

あれも全部嘘《うそ》だったなんて、シエラには信じられなかった。

いや、信じたくなかった。

(確かめたい……けど……)

シエラは悩んだ。

引き返したとして、もし再びいらないと言われたらと思うと、怖かった。

一緒にいたいのに、それを拒絶されるのが堪《たま》らなく怖い。

(そうだ。わたしはアルナと一緒に、いたいんだ……)

シエラはそこで、ようやく自分の気持ちに気づいた。

傭兵として、アルナから仕事を受けたから一緒にいたいのではない。

友達として、アルナの傍《そば》にいたいから迷っているのだ、と。

「……」

ピタリと、シエラは動きを止める。

手に持った『凡人《ぼんじん》ノート』に目をやる。

エインズの残したノートには、『寝る前にトイレと歯磨《はみが》きを済ませるように』だとか『体調に気をつける方法』だとか――そんな当たり前のことばかりだ。

『勝てない相手がいたら逃げるように』とか『怪我をしたら無理をしないように』とシエラを心配する一文もある。

今の状況は、ノートに従うのならまさに逃げるべきところだ。

シエラが手に持っていたノートは、先ほど落とした時に開いていたページのままだった。

困った時にはノートを見るように――そのためのノートだ。

今、シエラはどうしていいかわからなくなっていた。

アルナと一緒にいたいと思っても、アルナがそれを拒絶する。

そうなると、シエラにできることはない。

今のシエラでは、エルムに勝つことはできないのだ、と。

シエラは、迷いながらもそのノートに視線を向ける。

「――！」

ノートの内容を見て、シエラは少し驚いた表情をした。

そして——小さく笑みを浮かべる。

シエラも気づくことのないくらい、自然にこぼれたものだった。

「そっか……それなら、いいんだ」

シエラはそう呟《つぶや》いて、再び動き出した。

＊＊＊

その音は、アルナの耳に届いた。

自身の身体には衝撃も、何も感じない。

アルナがゆっくりと目を開く。

目の前に立っていたのは、大剣を受け止めるシエラの姿だった。

「シエラ、さん……!?」

シエラはすぐに身体を回転させると、勢いのままにエルムの腹部に蹴《け》りを入れる。

およそ華奢《きゃしゃ》な身体から繰り出されたものとは思えないその一撃は、エルムの身体を遙《はる》か後方へと吹き飛ばす。

そして傷だらけの姿で、アルナの前に立つ。

「どうして……」

どうして戻ってきたの——アルナはそう声に出そうとするが、途切れてしまう。

シエラの表情はいつもと変わらない。

ただ、アルナの傍に寄るとシエラは口を開く。

「わたしは、アルナと一緒にいたいから」

「そんな、理由で——」

「それしかないよ。アルナはいろんなことを教えてくれるし、わたしの面倒《めんどう》も見てくれるし、優しいし——一緒にいて楽しい。わたしはアルナと友達でいたいと思ったから、ここにいる。アルナはどうなの？」

「私は……」

その気持ちに応《こた》えてはならない——一緒にいる資格も権利も、自分にはないとアルナは思っていたからだ。

そのために拒絶の言葉を、シエラに言ったのだから。

だから——

「私、は……貴方と一緒には……いられないわ」

「アルナが今みたいな顔してるとき、悩んでるって何となくわかるよ」

「……え？」

「考え事してる時、いつもそうだった。わたしは笑ってるアルナが好き」

「……っ！」

シエラはまた一歩、アルナの傍に近づいた。

「本当のこと、聞かせて？」

「私……だって……」

（ダメよ、言っては――）

そう思っても、アルナの口から自然と言葉が漏《も》れる。

「私だって、一緒にいたいと思っているのよ……！　でも、貴方が傷つく姿はもう見たくないの！　だって、貴方は私にとって大切な、友達だから……！」

抑えていたはずの感情が溢《あふ》れ出す。

シエラはアルナの言葉に静かに頷《うなず》くと、

「……ありがと。もう、大丈夫だから」

「シエラ、さん……？」

シエラの表情は、今までに見たことがないほどに穏《おだ》やかだった。

戦う時に浮かべる笑みとは違う――自然と浮かんだ微笑《ほほえ》みだ。

「ふはっ、今の一撃はなかなか良かったぞ。シエラ・ワーカー！」

嬉《うれ》しそうな声を上げ、エルムが戻ってくる。

常人《じょうじん》ならば立ち上がることもできないような一撃であったのに、平然と向かってくる。

シエラは臆《おく》することなく再びエルムと向かい合う。

「わたしは、あなたを殺す」

《赤い剣》を向けて、シエラはそう宣言する。

エルムはそれを受けて、大剣を振りかざす。

「やってみるがいい。『戦場の二本の《赤い剣》』……その片割れの力を見せてみろ」

「少し違う」

「……なに？」

エルムの言葉を、シエラは否定する。

『戦場の二本の《赤い剣》』——それは、エインズともう一人の存在を指し示すものとして知られている。

戦場を知る者ならば誰しも耳にしている言葉だ。

だが、そうではない。

それは、シエラとエインズを指し示すものではない。

「それは、わたしそのものだよ」

「まさか」

シエラの言葉に、エルムが何かに気づいた。

赤い剣を右手に握りしめたシエラは、さらに左手を構える。

——もう一つの赤い剣が、その手に握られていた。

「《デュアル・スカーレット》——それがわたしの剣の名前」

「二本の《装魔術》、だと……!?」

「『大切な友達のためなら、本気を出してもいい』んだって。だからわたしは、本気であなたを殺す」

ノートに書いてあったことは、そんな当たり前のことだ。

しかし、シエラにとっては大きな発見だった。

シエラにとってアルナは大切な友達で、アルナにとってもシエラは大切な友達だ——それならば、もう迷う必要はない。

二本の剣を構えたシエラが、そう言い放った。

36
渾身の一撃

少し離れたところから、鐘《かね》の音が聞こえた。

夕刻を知らせる鐘ではない――王都からそれほど離れていない森の中にいたのだ。

シエラとエルムの戦いは、数年ぶりに王都に危険を知らせる鐘を響かせた。

シエラは剣を構える。

《デュアル・スカーレット》――二本の赤い剣を見て、エインズが付けてくれた名前だ。

《装魔術》において名というものは重要な要素であり、より剣としての存在の格が上がる。

普段のシエラが使う剣よりも数段階上の状態になるのだ。

相対《あいたい》するエルムもまた、《漆黒《しっこく》の剣》を肩に乗せるようにして構える。

「いい目だ。俺の違和感は間違っていなかったのだな。やはりお前は、本気など出していなかった」

「別に、普段通りなら十分やってたよ」

「ふはっ、普段通りか。それならば今からは楽しませてくれるのだろう――」

瞬間、シエラはその場から姿を消した。
ギィンと、周囲に金属のぶつかり合う音が響く。
アルナが驚きに満ちた表情で、その光景を見ていた。
アルナだけではない――その攻撃を受けたエルムもまた、驚きの声を上げる。
「なんだ、今のは……」
かろうじて剣で防いだエルムが、ゆっくりと振り返る。
その背後にはシエラの姿があった。
エルムも決して油断していたわけではない。
むしろ、先ほどよりも集中してシエラを見ていたはずだった。
それなのに、かろうじてその一撃を防げたという事実に、驚きを隠せなかったのだ。
速い――シエラは元々スピードだけならエルムを凌駕《りょうが》していた。
それが先ほどとは比べ物にならないほどに上がっている。
「十分やっていた、だと……なら、今のは何だ」
「うん。だから、今のが本気」
シエラはそう答えると、再び姿を消した。
気づけば、エルムのすぐ近くにまでシエラが迫る。
地面を蹴《け》る瞬間――シエラは足元に魔力を集中させる。

足元の小さな《方陣術式《ほうじん》》が魔力を放出し、瞬間的にシエラを加速させる。

普段使用する魔力量よりも多く、威力《いりょく》を高めることで速度を上げていた。

すれ違いざまに、シエラが剣を振るう。

右の剣は防がれても、左の剣がエルムの肩を捉《とら》える。

「ちぃっ！」

エルムが舌打《したう》ちしながら振り返る。

すでに、シエラは地面を蹴って空中へと跳《と》んでいた。

まるで消えたようにしか見えないシエラの動きに、エルムはかろうじて防御《ぼうぎょ》するのが精一杯《せいいっぱい》だった。

空中から交差するように剣を振るうが、鳴り響く金属音と共に――エルムの兜《かぶと》に血が滴《したた》り落ちる。

シエラは一度距離を取った。

「残念だ」

「……？」

エルムの言葉に、シエラは首をかしげる。

「その速さ……俺でも防御するのが間に合わないほどだが……先の怪我《けが》の影響が出ているな。剣の振りが弱いぞ」

エルムの指摘《してき》は間違っていない。
今のシエラは全力を出している――とはいえ、満身創痍《まんしんそうい》の状態なのだ。
その上でシエラはエルムとの戦いに挑《いど》んでいる。
シエラも、状況はよく理解していた。
「教えてあげる。わたしも今、二本は長く使えない」
「……なんだと？」
「三分――それがわたしの限界だから」
シエラはその言葉と同時に再び駆け出した。
それは、シエラからの宣言。
三分以内にケリをつけるということだ。
シエラは二本の剣を振るう。
赤い斬撃《ざんげき》が飛翔《ひしょう》し、エルムへと迫る。
エルムはそれを、剣で振り払った。
《装魔術》によって精製された武具は魔力による攻撃をかき消せる。
だが、シエラの目的はそれを当てることではない。
放たれた斬撃よりも早く、エルムの左側に移動する。
右に持った剣では、こちらからの攻撃は防げない。

「――ッ！　舐《な》めるなッ！」

咆哮《ほうこう》。

およそ人とは思えないほどの声量と共に、エルムが魔力を放出する。

魔法でもなんでもない――ただの魔力の放出だ。

だが、それが抵抗となってわずかにシエラの動きを鈍《にぶ》らせる。

エルムはすぐに左手に剣を持ち替え、乱暴に振るった。

「――」

その剣を避《よ》けたシエラが着地したのは、エルムの剣の上。

エルムはすぐに剣を振るい、シエラを叩《たた》き落とそうとする。

二本の剣を広げて、ふわりとシエラが宙を舞う。

その直後から、シエラの猛攻が始まった。

距離を詰め、シエラは剣を振るう。

エルムが攻勢に出ようとすれば、それを切り払い、確実にエルムを殺そうとする。

それがわかっているからこそ、エルムは防御に集中した。

周囲に金属が軋《きし》むような音が鳴り響く。

一撃、二撃、三撃――繰り返されるシエラの斬撃は、一つ一つがエルムを殺すためのものだ。

「う、おおっ……!?」

エルムはひたすらに耐える。
繰り出される剣撃の中――シエラの放った「三分」という言葉。
エルムにとってはこれが生命線だ。
剣が交《まじ》わるごとに、互いの剣の魔力が磨《す》り減っていくのがわかる。
――弱っているはずだった。
常人《じょうじん》ならば、すでに動くことすらままならない怪我だ。
シエラとて、これほどの大怪我であれば無理に動いてはいけないとわかっている。
エインズにも、それは十分に教えられたことだ。
（けど……こんなにも動ける）
シエラ自身も驚いていた。
動けば動くほど、身体から血は抜けていく。
身体の痛みはだんだんとなくなっていく。
治っているからではない――戦いは、シエラの気持ちを高揚させる。
一時的に、痛みを忘れさせてくれているのだろう。
けれど、きっとそれだけではない。
シエラはひたすらに剣を振るう。
アルナがいるから、シエラはまだ戦えるのだ。

（あと、少し……）

やがて、明確にその時が近づいているのが感じられる。

シエラの剣が折れるのが先か、エルムの剣が折れるのが先か――

エルムの身体に傷は増えていくが、致命傷には繋《つな》がらない。

必要なのは一撃――エルムの命に届く一撃だ。

シエラは地面を蹴って、体重を乗せた一撃を放つ。

その挙動を、エルムは見逃さなかった。

「オオオオオッ！」

雄叫《おたけ》びと共に、エルムが渾身《こんしん》の一撃を放つ。

二本の赤い剣と漆黒の剣がぶつかり合い――互いの刀身《とうしん》が宙を舞った。

シエラの一撃はエルムに届くことはなく、装魔術によって作り出した剣がへし折れた。

シエラが後方へと跳ぶ。

戦いを見守っていたアルナの傍《そば》に、シエラは立った。

「アルナ」

シエラはアルナの名前を呼ぶ。

アルナがこくりと頷《うなず》いた。

そして、シエラは再び駆け出した。

＊＊＊

勝った――エルムは確信した。

《漆黒の剣》は折られたが、シエラの《デュアル・スカーレット》もまた二本とも折れた。

お互いに渾身の一撃だった――だが、エルムにはまだ体力的な余裕がある。

シエラの言い放った「三分」という時間――タイムリミット丁度《ちょうど》に、シエラの剣はへし折れた。

（もはや剣を作ることはできない……仮にできたとしても、仕切り直せば俺が勝つッ！）

折れた剣を手放し、エルムは再び剣を作り出す準備をする。

シエラが仮に剣を作れたとしても、その時間に差はない。

シエラがもしも始めから全力であったのなら――エルムは負けていただろう。

そう思うほどに、シエラの強さはエルムの予想を遙《はる》かに越えていた。

（もしかしたら、エインズ・ワーカーを越えているかもしれんな）

そう思えるほどに、シエラは強かった。

短い時間ではあったが、高揚する戦いであったと、エルムは感じている。

後方に跳んだシエラもまた、剣を手放した。

（これで決着だ）

戦えない――そうエルムは判断していた。

だが、エルムの視界に映ったのは、エルムのもとへと駆け出すシエラ。

二本の赤い剣は手放してはいるが、まだ霧散《むさん》していない。

エルムが装魔術を発動する前にケリをつけるつもりか――そうだとしても、シエラがエルムに致命傷を与えることができるとは思えなかった。

だが――シエラの手には、《青白い剣》が握られていた。

「なっ……!?」

エルムが驚きに目を見開く。

シエラが後方に跳んだのは、ぶつかり合った際の威力を消すためでも、再び仕切り直すためでもない。

シエラの後ろにいた――シエラが守ろうとしている少女、アルナがそこにはいた。

シエラのものではない――アルナが作り出した剣を、シエラが使っているのだ。

まだ、エルムは剣を作り出すことができない。

そのわずかな差が、二人の明暗を分けた。

「ぬ、お……っ！」

「これで――終わり」

シエラの振り下ろした渾身の一撃が、エルムへと届いた。

37 シエラ、戦いを終えて

シエラの放った一撃は、エルムの身体《からだ》を切り裂いた。
エルムがその場に仰向《あおむ》けに倒れる。
シエラもそのまま倒れそうになるが、ギリギリのところで耐えた。
アルナが《装魔術》によって作り出した《青白い剣》は霧散《むさん》していく。
エルムが口を開いた。
「まさか、もう一人の剣を使うとは、な。想定外、だった」
「……少し消えるのが早かったら、危なかったかも」
――アルナの手元から離れて維持《いじ》できる時間はほんのわずかだった。
シエラとの訓練で、わずかな時間とはいえ維持できるようになっていたのだ。
アルナもまさか、実戦でいきなりそれを要求されるとは思っていなかっただろうが。
満身創痍《まんしんそうい》のシエラは、それでもエルムを見下ろすように立つ。
震える膝《ひざ》に、荒い呼吸――そんなシエラを見て、何故《なぜ》か楽しそうに笑うエルム。

「ふはっ。今にも倒れそうだな……だが、もはや死にゆく俺に言えた義理では、ないか」

「うん。そうだね」

「……エインズ・ワーカーの娘に負けた、のなら……奴《やつ》にも勝てない、か」

「父さんと戦いたかったの？」

「ああ……俺は常《つね》に強者との戦いを望んできた。強くあったのならば、然《しか》るべきことだとは、思わないか？」

「よくわからないけど、何となくはわかる」

エルムの言葉に頷《うなず》くシエラ。

シエラもまた、戦いを楽しむことができる性格だったからだ。

エルムは話しながらも、時折激しく咳《せ》き込む。

――シエラの一撃は致命傷だった。

常人《じょうじん》ならばすでに死んでいても不思議ではない。

そんな一撃を受けたにも拘《かか》わらず、エルムはどこか満足そうだった。

「ふはっ、《竜殺し》と呼ばれた俺の限界、か」

「なんで嬉《うれ》しそうなの？」

「上には上がいる――それを知れたから、な……本気で挑《いど》み、そして負けたのなら、それが俺にとって本望《ほんもう》だった、というだけ、だ」

エルムが脱力する。

止めどなく溢《あふ》れ出る血が、エルムの終わりを示していた。

最後に、エルムは振り絞《しぼ》るような声で言い放つ。

「お前の、勝ちだ――シエラ・ワーカー」

ガシャン、と鎧《よろい》の擦《こす》れる音が周囲に響いた。

確認せずともわかる――エルムは死んだ。

くるりとシエラは反転して、アルナの方へと戻ろうとする。

「……っ」

だが、シエラもまた限界だった。

身体が思うように動かず、その場に倒れるような形になるが、それをアルナが支えてくれた。

「アルナ、ありがと」

「……お礼を言うのは私の方よ。貴方《あなた》のおかげで、私はここにいられるのだから」

「アルナの剣のおかげだよ。放しても少し維持できるようになったんだね」

「ま、まさかあんなところで要求されるとは思わなくて……正直必死すぎて覚えてないわ」

アルナが苦笑いを浮かべながらそんなことを言う。

人間離れした二人の戦いの中で、アルナの協力を求めたのは、エルムに確実に勝利するためだった。

天性の戦いのセンスを持つシエラは、エルムがもっとも油断する時が、シエラの示した三分という時間が経過する瞬間であるとわかっていた。

自身の《デュアル・スカーレット》の限界も含めて――シエラの戦略による勝利だったと言える。

それでも満身創痍なのは代わりなく、アルナの肩を借りてようやく立てるような状態だった。

「……お礼も言わないとだけれど、やっぱり謝らないといけないわね」

「謝る？」

「……言ったでしょう。私は貴方を利用するつもりだった。それは本当のことなの。貴方の強さを知ったときから、私はそうするつもりだったのよ。だから――」

「いいよ。アルナは本当のこと言ってくれたから。わたしと一緒にいたいっていうのは、本当なんだよね？」

シエラの問いかけに、アルナは少し迷ったような表情を見せた。

それでも、ゆっくりと口を開く。

「……今回は、マグニス先生が雇《やと》ったのかもしれないけれど、私が狙《ねら》われることに変わりはないの。今後もこういうことが起こる、かもしれない」

「うん」

「私は正直、貴方には傷ついてほしく、ないのよ。こんなのわがままだってわかっているわ」

「わたしも、わがままは言うよ？」

「そう、そうね。貴方のそういうところは、憧《あこが》れるし——私も、そうありたいと思った。もっと、貴方と一緒にいたいと、生きていたいと思えるようになったの」

包み隠すことなく、アルナは思ったことを言葉にして続ける。

「もっといろんなことをしてみたいし、いろんな人とも関《かか》わってみたい。でも、それは一人ではなくて……その、貴方と一緒に、やっていきたいと思ったの。私の言っていることは……立場からしたら、間違っているのかもしれないわ。それでも——」

「うん、いいよ。わたしは一緒にいる。アルナのしたいこと、これから一緒にやっていこう？」

アルナがどのような言葉を並べても、シエラの答えは変わらない。

一緒にいたいと思ったのだから、その気持ちは揺るがないのだ。

シエラの答えを聞いたアルナは、優しくシエラを抱きしめる。

「ありがとう……シエラさん——いいえ。シエラって、呼んでもいいかしら？」

「わたしは初めからアルナって呼んでるよ？」

「貴方は……そうね」

「！　そうだ、アルナにこれ——あ」

シエラが懐《ふところ》から取り出したのは、先ほど買ったばかりのアクセサリーだった。

犬の顔を象《かたど》った可愛《かわい》らしいものだったのだが、戦いの最中に壊れてしまったらしい。

アクセサリーは真ん中で割れてしまっていた。

「壊れちゃった。アルナにあげようと思ってたのに」

「……私に？」

「うん、アルナ可愛いものが好きみたいだから」

「ま、まあ、否定はしないけれど……ありがとうね」

アルナはそう言いながら、シエラから壊れたアクセサリーを受け取る。

「これ、壊れてるよ？」

「いいのよ。貴方からの最初のプレゼントだから――大切にするわ」

「……うん」

「さ、貴方の怪我《けが》も酷《ひど》いから早く治療してもらいに行きましょう。さっきの鐘《かね》の音からすると、ここに騎士の人たちがやってくるかもしれないし、治療してもらえそうなら頼みましょう」

「いいの？」

これまでアルナが騎士のことを避けていたのは、なんとなくシエラにもわかっていた。

それでも、アルナは迷うことなく頷いた。

「貴方の怪我の方が優先よ」

「わたしは大丈夫――」

そう答えたところで、シエラが一瞬だけ何か感づいたような反応を見せる。

まだこの森の中に潜《ひそ》んでいるはずの、ホウスの気配があったからだ。

だが、その気配は徐々《じょじょ》にシエラたちから遠ざかっていくのを感じる。

——エルムが敗北したことに気づいたのかもしれない。

満身創痍のシエラにも襲《おそ》いかかって来ないところを見ると、すでにホウスは戦意を喪失《そうしつ》しているのだろう。

元凶であるホウスを追いかけるにも、シエラの体力に余裕はない。

今回の件はホウスが原因とわかっているから、後からいくらでも対処のしようはあると考えていた。

「どうかした？」

「ううん、何も」

「そうだ。マグニス先生がまだどこかに潜んでいるかもしれないし、気をつけないと……」

「うん」

（それはもう心配なさそうだけど）

心のなかで、そう呟《つぶや》くシエラだった。

こうして、シエラとアルナの戦いは終わりを告げたのだった。

38 蠢《うごめ》く影

「はっ……はあっ……」

森の中を、ホウスは駆けた。

あれほどの一撃――シエラもアルナも、どちらも確実に死んだと思っていた。

アルナとの戦いの最中に巻き込まれそうになったホウスはもう手出しはしまいと成り行きを見守ることにしたのだ。

その結果が、エルムの敗北だった。

(どうなってんだよ……！)

シエラが人間離れしているということはわかっている。

それでもルシュールの用意した人物――《竜殺し》のエルム・ガリレイの名はホウスも聞いたことがあった。

文字通り、ドラゴンを殺せるだけの強さを持った男だったのだ。

(《赤い剣》……くそっ、また俺の邪魔を……)

かつて傭兵《ようへい》だった頃に出会ったことのある、戦場において最強と呼ばれた男——エインズ・ワーカー。

シエラの姿は彼を彷彿《ほうふつ》とさせた。

ホウスが傭兵であることを辞《や》めた一因でもある。

そのどうしようもなく強い存在に、ホウスは一度心を折られてしまったのだ。

奇《く》しくもエインズの娘であるシエラによって再びその記憶が呼び起こされた。

足を止めたホウスは、脱力するようにその場に座り込む。

満身創痍《まんしんそうい》のシエラにすら、ホウスは手を出すことができなかった。

(俺は……)

ルシュールももう、この件からは手を引くだろう——ホウスにできることは何もない。

「——随分《ずいぶん》遠くまで走ってきたね」

「……っ!?」

不意に背後から声をかけられ、ホウスが振り返る。

そこには少年、あるいは少女のような——外見だけではどちらとも判断できない子供の姿があった。

ホウスはその話し方から、少年と断定する。

「ガキが、こんなところで何してやがる……」

「つれないなぁ……ボクだよ、ボク」

「……？　お前みたいな奴《やつ》は知らねえよ」

「あはは っ——アタシに仕事の依頼をしたの、忘れちゃったのぉ？」

「!?」

その声を聞いて、ホウスは目を見開く。

ホウスの知る人物とはおよそ似ても似つかない外見——だが、声はよく知っているルシュールのものだった。

「ど、どうなってんだ」

「うふふっ——あはっ、見ての通りさ。これがボクの本当の姿さ。それにしても参っちゃったね。エルム・ガリレイが負けるなんて……やっぱりエインズの娘ってことなのかな」

「っ！　エインズの娘……だと!?　じゃああいつは……」

「そう——シエラ・ワーカーが本名なのさ。こうなった以上は次の手を考えないとね」

「な……まだやる気がある、のか？」

「ま、ね。ボクはボクでやることがあるからさ」

ルシュールの言葉を聞いて、ホウスは驚いた。

二度にわたる暗殺の失敗——それでもまだ、この一件にルシュールが関《かか》わるというのだから。

ホウスのやるべきこともまた決まった。

「……それなら、俺も協力するぜ」

「あ、そう？　君が乗り気なら助かるなぁ。それじゃあ早速《さっそく》だけど——死んでくれるかな？」

ルシュールは屈託《くったく》のない笑顔で、言い放つ。

ホウスは一瞬、何を言われているのかわからなかった。

「は——かっ……」

だが、すぐに理解する。

喉元《のどもと》に糸のようなものが巻きつき、ホウスの首を締めつける。

目には見えないほどに細いそれは魔力でできた糸。

それが、大の男のホウスの身体《からだ》を持ち上げたのだから。

「な、にを……!?」

「何って……この通りさ。まだ君が個人的な依頼を出してシエラ・ワーカーとアルナ・カルトールを狙《ねら》った——その状態である方が、少しは動きやすくなるんだ」

「い、らい、者、を……！」

「殺すのかって？　あははっ、君はそもそも依頼者ではないよ。元々アルナ・カルトールを殺す依頼を受けていたんだから、さ。ついでさ、ついで」

「……ッ！」

そこで初めてホウスは理解する。

ルシュールによって、ホウスは利用されていたのだと。

そして、今もまたホウスはその死すらも利用されようとしていた。

魔法を放とうとしても、意識が朦朧《もうろう》としてそれができない。

ルシューるがホウスを見据《みす》えて言い放つ。

「暗殺者が正体を見せるってことはそういうことなんだよ、一つ勉強になったね。来世《らいせ》で生かしなよ？」

ホウスの意識は、そこで途切れた。

＊＊＊

人形のように動かなくなったホウスから視線を逸《そ》らし、ルシュールは呟《つぶや》くように言う。

「以前の君なら、一緒に仕事をしても良かったんだけどね。もう役者としても楽しめないよ」

「むしろ楽しんでいたようにしか思えん」

ルシュールの背後に立ったのは、黒装束《しょうぞく》に身を包んだ男。

シュルリと懐《ふところ》に《糸》が巻き取られていく。

白と黒のいびつな形をした仮面で、その表情は窺《うかが》えない。

「まあね。せっかく仕事をするなら楽しまないと」

「では、追撃《ついげき》をするのであるか？」

ルシュールの言葉に、黒装束の男が言う。

直後、周囲の木々が揺れた。

そこには何人もの影があり、男に従うように立つ。

だが、ルシュールは首を横に振る。

「今言ったばかりじゃないか。もう少し楽しまないと、ってね」

「好機であると考えるが。あれはまともにやれば、国を滅ぼしかねん」

「んー、どうかな。ボクとしてはエルムの方が制御《せいぎょ》が効《き》かないから都の外でやってもらうことにしたんだけど……まあ、ドラゴンでも来たみたいに警鐘《けいしょう》が鳴ってるからね。君の言い分も間違ってはいないよ」

「ならば――」

「その上で改めて答えるよ。追撃はしない」

「何故《なぜ》？」

「あははっ、気づかないかな？　姿を消したはずの男が――近くにいるんだよ」

「！」

黒装束の男が周囲を確認する。

視認できる範囲にはいない。

だが、ルシュールの言うとおり、すぐ近くにその男がいるというのはわかる。

「娘のためなら姿を現すのかな？　そういう類《たぐい》の人間ではないと思っていたけど、今は何もしないのが正解さ」

「承知《しょうち》した」

ルシュールの言葉を聞いて、黒装束の男が頷《うなず》く。

「さて、エルムを回収して帰ろうか。ボクらの《王様》のもとに。あ、ホウスも必要なら持って行ってもいいよ？」

「いらぬ。斯様《かよう》な者は使えもせん。ここに捨て置け」

「あはは、酷《ひど》い言い草だなぁ。ま、しょうがないかな」

消えるようにその場から誰もいなくなる。

どさりと力なく、ホウスが倒れ伏す音だけが響いた。

39 シエラの願い

《オルレッタ王立病院》に、シエラの姿はあった。

結局森からは徒歩で抜け出したシエラとアルナだったが、王都に向かう途中で騎士に保護され、そのまま病院に送られた。

授業で習った《魔物》について森に調べに行ったという理由をつけて、当然のごとく怒られることになったが。

森の方については、王都では数年振りに警鐘《けいしょう》が鳴るほどの出来事があったためにしばらく立ち入り禁止となっていた。

騎士たちによる調査が継続されているとのことだが、少なくともシエラやアルナに話を聞きたいという連絡が来たことはない。

「もう少し待っていてね」

「うん」

アルナの言葉にこくりと頷《うなず》くシエラ。

病室のベッドで大人しくしているシエラに、アルナがリンゴを剥《む》いているところだった。

シエラの怪我《けが》は当初、歩いているのが不思議なほどの状態だったと医者に言われた。

止血《しけつ》も満足にしていなかったため血は不足し、外見上の怪我だけでなく内臓や骨に至《いた》るまで損傷《そんしょう》していたからだ。

エルムの強力な一撃に対してそれで済んだのは、シエラだったからこそだろう。

回復力も目覚ましく、一週間程度で退院できるとのことだった。

シエラの魔力コントロールによる治癒《ちゆ》力は、医者も驚嘆《きょうたん》するほどだったとか。

「はい、うさぎ型よ」

「！　本当だ」

綺麗《きれい》に切り揃《そろ》えられた赤い耳のうさぎが並ぶ。

横一列に並んでいるのがアルナの性格を表していた。

「少し下の部分を切るとね、立たせることができるのよ」

「そうなんだ、可愛《かわい》いね」

「でしょう？　最初に考えた人はとても素敵《すてき》な発想力を――って、何してるの？」

「食べさせて」

両手を前に出して、ポンポンと軽くシーツを叩《たた》くシエラ。

入院してからシエラの要求がことごとく通るために、だんだんとアルナに甘える部分が強くなっていた。

　普段のアルナなら間違いなく自分でやるようにと言うところだが――

「もう自分で食べられるでしょう……しょうがないわね」

　怪我もあってか、アルナもまたシエラを甘やかすことを許容してしまっていた。

「楊枝《ようじ》は噛《か》まないようにね」

「うん」

　そうやってアルナがシエラにリンゴを食べさせていると、部屋のドアがノックされる。

　やってきたのは、クラスメートのルインとオーリアだった。

「やっほ、シエラさん――と、カルトール様……？」

「カルトール様も早く帰られたと思いましたが、ここにいらしていたのですね」

「ええ」

　ルインとオーリアがシエラのお見舞いに来てくれたのだが、アルナの存在もあってか、やや気まずい雰囲気《ふんいき》が流れる。

　そんなアルナに対して、シエラは言う。

「やりたいこと、するんだよね？」

「っ！　そう、ね」

　シエラの言葉に頷くと、アルナは席を立ってルインとオーリアに向かい合う。

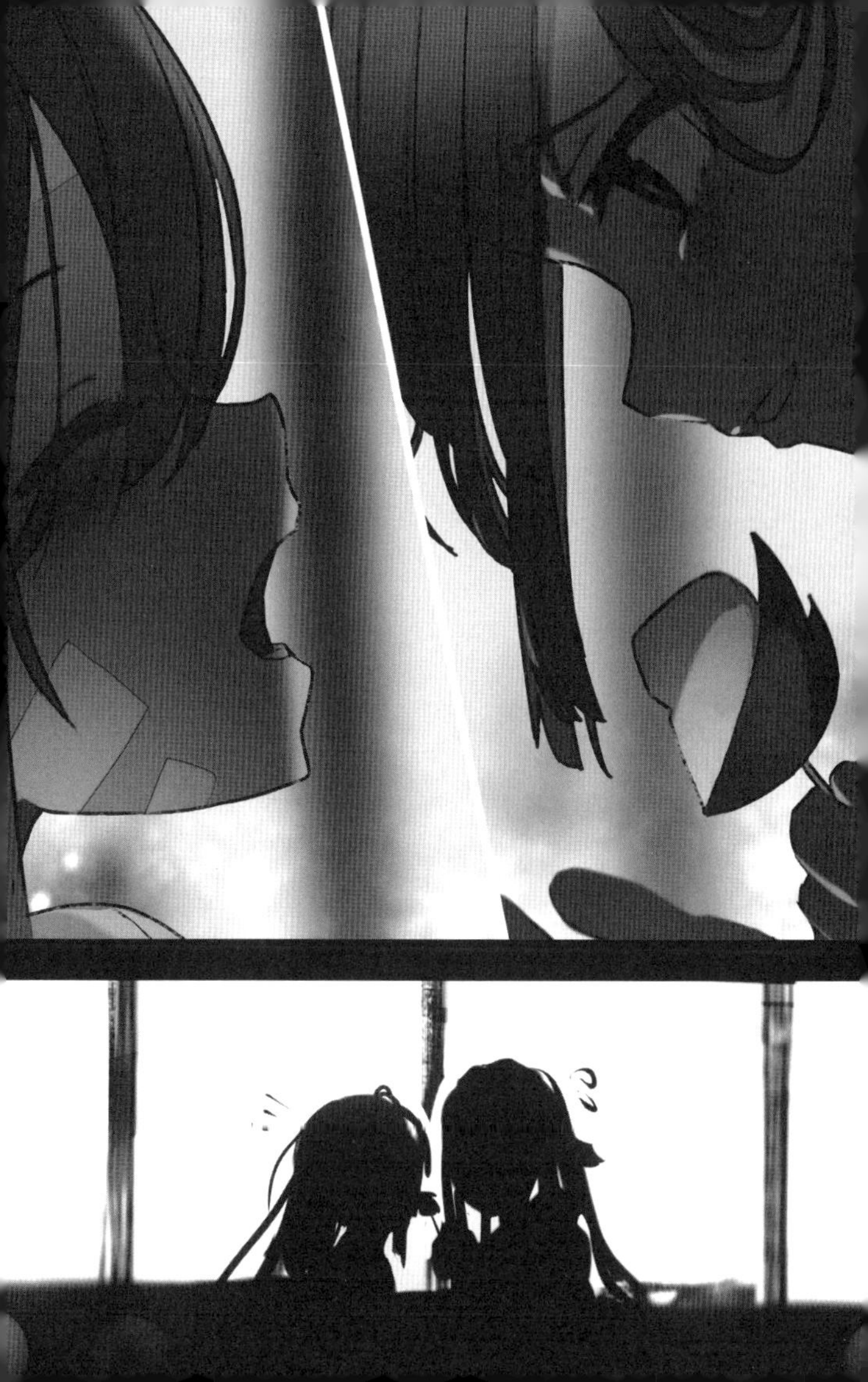

「……カルトール様？」

「その……ア、アルナで構わないわ。私も、えっと、貴方《あなた》たちと話をして、みたくて」

ぎこちなくそんなことを言うアルナに、驚いた表情を見せるルインとオーリア。

少しの静寂《せいじゃく》の後、二人が笑い出した。

「あははー、何言われるのかと思ったら、安心したー」

「え？」

「そんなに畏《かしこ》まられたらビックリしてしまいますよ。でも、私たちもカルトール様――いえ、アルナさんとお話ししてみたかったですし」

「シエラさん、この前のこと話してくれてたんだねー。ありがとー」

「うん」

こくりと頷くシエラ。

やや戸惑《とまど》いを見せたアルナだったが、病室で話しているうちに彼女らはすぐに打ち解けた。

――アルナのやりたいことを、シエラは支えていくと決めたのだ。

「シエラ」

「……？　なに？」

不意にアルナがシエラに声をかけてくる。

シエラが問い返すと、アルナは笑顔で答えた。

「ありがとうね」

「うん」

それは、シエラの望んでいたもの――アルナの笑顔がシエラは見たかった。

「アルナは笑顔の方がいい、好き」

「うわー、シエラさんすごい直球だね」

「やっぱり、仲が良いのですね」

「……そ、そういう言い方は少し考えましょうね？」

ルインとオーリアに冷やかされ、少しだけ恥《は》ずかしそうに注意するアルナ。

シエラはそれに対してだけは、頷いて答えはしなかった。

＊＊＊

離れた建物から病室を、真《ま》っ直《す》ぐ見つめる男の姿があった。

――彼の名はエインズ・ワーカー。

《最強の傭兵《ようへい》》として名高い男だ。

「うふふっ、そんなところで見てないで病室に行ったらどうなのです？」

そんなエインズの背後から声をかけたのは、アウェンダ・シェリー――《ロウスタ魔導学園》の学園長だ。

「友達との交遊に水を差すほど野暮《やぼ》な男じゃないですよ。ここからで十分です。上手《うま》くやってるみたいで安心しました」

「そんなに心配なら一緒にいてあげたらいいでしょう。私に任せようとしないで。シエラさんだって喜ぶんじゃないかしら？」

「あの子はああ見えて色々考えてるというか……まあ親の前だとああいう感じにはならないと思うんですよ。随分《ずいぶん》と甘えているっていうか……。それに、俺はいろんな奴《やつ》らから狙《ねら》われてる身なもので」

「娘さんのこと、しっかり考えているのね」

「……まあ、あの子には幸せになってもらいたいなんて、今更《いまさら》思うのもどうかしてると思いますけどね」

苦笑しながら、エインズはそう答えた。

同じ傭兵として――シエラを育て上げた。

エインズにすら引けを取らない実力のあるシエラなら、生きていく上で困ることはないだろう、と。

そこまで育ててようやく、エインズはシエラを一人立ちさせても良いと考えた。

――ある意味親バカだった。


「でも、あのアルナって子……色々あるみたいじゃないですか」

「そうね。私もそれは把握《はあく》しているわ」

「……だからシエラを引き取ってくれたんですかね？」

「それもあるわね。うふふっ、私にも色々あるものですから」

優しげな微笑《ほほえ》みを浮かべて答えるアウェンダだが、含みのある言い方だった。

それを踏まえた上で、エインズはシエラのことをアウェンダに任せることにしたのだ。

――結果として、仲の良い友達ができたようでホッとはしている。


エインズはまた、シエラの方を見た。

包帯姿は痛々しくも見えるが、その表情からは楽しさを感じているのが伝わってくる。

それがわかっただけでも、エインズとしては嬉《うれ》しかった。

「少し見ないうちに、子供っていうのは成長するんだなぁ」

ポツリとそんなことを呟《つぶや》くエインズ。

シエラ自《みずか》ら――アルナを守ると決めたのだから、エインズの知るシエラとはまた違った姿に見えた。

そうしてしばらくの間、成長した娘の姿を見守っていた。

＊＊＊

——戦いから二週間が経過した。

シエラの怪我も治り、また学園での生活に戻った。

シエラが部屋で着替えていると、部屋をノックする音が聞こえる。

気配でわかる——アルナだ。

シエラはそのままドアを開ける。

「アルナ」

「シエラ——って、きちんと着てから出なさいっていつも言っているでしょう⁉」

着替えの途中でも平気で来客に対応しようとするシエラは、まだシャツ一枚を羽織《はお》っているだけの姿だった。

アルナが慌《あわ》ててシエラを部屋に押し込む。

「まったく……髪も手入れしないと。早く来て正解ね」

「うん、よろしく」

「よろしくじゃないのっ」

寮から学園の校舎まではそれほど離れていないが、二人は一緒に通うことにしていた。

髪をとかしてもらいながら、シエラは着替えを再開する。

ふと、アルナが思い出したように呟いた。

「そう言えば、後ろからでも大丈夫になったのね」

アルナがシエラの後ろにいても特に嫌がる様子もなく、シエラはアルナに任せている。

シエラはこくりと頷いて、

「アルナは平気」

「……そう？　正面からだととかすのはさすがにやりにくいから楽でいいわ」

「でも、たまには正面がいい。アルナが見えてる方がいい」

「たまにならね。ほら、手が止まっているわよ。着替え着替え！」

本当の意味で友達になったシエラとアルナの学園生活はまだ始まったばかりだ。

アルナを狙う存在――それがいても、シエラのやることは変わらない。

一緒にいて、普段通り生活する。

（これが普通の生活……）

胸元にしまった『凡人《ぼんじん》ノート』に手を当てて、シエラは頷いた。

（わたしにもできたよ、友達）

――そんな当たり前のような少女の願いは、大騒動を経《へ》てようやく叶《かな》ったのだった。

書き下ろし

『二人の退院祝い』

アルナ・カルトールは寮の自室で目を覚ました。

「んっ、ふぁ……」

身体《からだ》を起こして伸びをすると、小さく欠伸《あくび》をする。カーテンの隙間《すきま》から射《さ》し込む光を見て、アルナはふっと微笑《ほほえ》んだ。

「今日も、いい天気みたいね」

小鳥の囀《さえず》りが部屋の中にまで届く。

アルナの暮らす学園敷地内の寮——窓の外にある大木には、鳥の巣があった。

きっと、そこにいる小鳥たちの鳴き声だろう。

心地よい目覚ましを聞きながら、アルナはベッドから起き上がる。

最近、寝覚めがいい。

身体が軽く、眠気はこれっぽっちもない。

そして、それは何故《なぜ》なのか——アルナにはその理由がわかっていた。

「さて、と……早いところ支度《したく》しないと」

寝間着《ねまき》を脱いで制服に着替えると、アルナは洗面台で顔を洗い、髪を整える。普段から手入れをしている髪はさらさらとしていて、整えるのにそれほど時間はかからない。

昨日寝る前に授業の準備は終えている――アルナはカバンを持って、寮の部屋を出た。

「いってきます」

誰が答えてくれるわけでもないが、アルナの癖《くせ》のようなものだった。

部屋を出ると、アルナは別の部屋へと向かう。友達である、シエラを起こすためだ。

「シエラ、起きている？」

部屋の前に立つと、アルナはコンコン、と軽くノックをして確認する。

だが、返事はない。

コンコン、ともう一度ノックをして呼びかける。

「シエラー、朝よ？」

「……」

再びの沈黙。

アルナは少し待った後、そっとドアノブを掴《つか》んで捻《ひね》る。カチャリとシエラの部屋のドアはあっさり開いた。

「……まったく、いつもそうなんだから……」

警戒心《けいかいしん》がないのか——いや、シエラに限ってそんなことはない。

シエラという少女は、周囲の状況にどこまでも敏感だ。

きっと、ドアの鍵《かぎ》をかけようがかけまいが、彼女にとっては関係ないのだろう。

それでも、アルナは小さく嘆息《たんそく》しながら部屋に入る。

注意してもなかなか直らないが、シエラも女の子だ。できればその辺《あた》りの危機感を持ってほしいと思って普段から注意しているのだが——、

「シエラ、また鍵を開けっ放しにしていたのね」

「……ん、アルナ？」

部屋に入ると、ベッドの上で丸くなっているシエラがいた。

まるで昼寝をする白い猫——そう表現できるようなシエラが、薄目を開けながらアルナを見ている。

自室とはいえ、シエラは肌着《はだぎ》だった。寝間着はしっかりと着た方がいいと言っているが、シエラは恥《は》ずかしがることもなく無防備に素肌を晒《さら》している。

身体を丸めたまま、もぞもぞとシエラが動き始める。一応、目は覚ましているようだった。

「アルナ、じゃないでしょう。早く起きて。遅刻するわよ？」

「んー」

返事のような何とも言えない、間《ま》の抜けた声が部屋に響く。

シエラは大きく伸びをすると、身軽な動きで身体を起こした。

「アルナ、おはよう」

「ええ、おはよう。さっ、支度して。朝御飯、食べに行きましょう」

「わかった」

アルナの指示に従うように、シエラが準備を始める。

シエラが大怪我《けが》をして退院してからまだほんの数日――けれど、シエラはもう怪我をする前と変わらない日々を送り始めていた。その様子に、アルナも安堵《あんど》する。

「怪我の後遺症とかはなさそうね」

「うん、大丈夫だよ」

「数日は様子を見た方がいいってお医者様も言っていたでしょう?」

「そうだっけ?」

「そうなの！　もう、大切なことでしょう……」

これもいつものことだ。自分のことだというのに、シエラは何故か惚《とぼ》けたように答える。

おそらく本当に興味がないのだろう――そう思わせるほどに、シエラは自分の怪我には無頓《むとん》着《ちゃく》だった。

それは、出会った頃からアルナも察していた。

だからこそ、代わりにアルナが、シエラの身体を心配するようになっていた。

しばらく待っていると、着替えでも結局アルナの出番はやってくる。

「シャツがスカートから出てる。それにネクタイも曲がっているわ」

「そう？」

「そうよ、鏡見てやりなさいって。……まあ、いいわ。私が整えてあげるから」

そうして、アルナはテキパキとシエラの身支度を手伝っていく。

どのみち、何かあればすぐにシエラの服装は乱れてしまうが、その時はまた整えればいい。

一通りシエラの支度が整うと、ようやく二人で部屋を出た。……ちなみにシエラが授業の準備をしているはずもないので、これもアルナがやってあげた。

「翌日の準備も前日にやっておくこと。そうしたら当日焦《あせ》らなくて済むのよ」

「わかった」

「……本当にわかっている？」

「うん」

アルナの言葉には素直に即答するシエラだが、大抵《たいてい》は翌朝には忘れていたりする。

気まぐれな飼い猫のような、そして手のかかる妹のような――アルナにとって、シエラはそんな存在になりつつあった。

（でも、こうして一緒にいてもシエラの考えていることって、なかなか想像できないのよね）

寮の食堂に向かいながら、アルナはそんなことを考える。

――シエラは他人の感情を読み取る能力に長《た》けている。

それは、一緒にいる中でアルナも実感していた。

けれど、一方でシエラの感情はなかなか読み取れない。無表情なことが多く、ぼんやりとどこを見つめているのかわからない――そんな少女だ。

（けれど……）

最近は一緒にいるからか、少しずつ彼女のことがわかるようになっていた。

「シエラ、退院のお祝いまだだったわよね」

「お祝い？」

「そう。無事退院できたんだし、何かお祝いできればって。今日の放課後にでも、アイス食べに行きましょうか」

「！　行く」

シエラはアルナの言葉に即答した。無表情だけれど、その瞳《ひとみ》は輝いているように見える。

シエラの特徴の一つ――甘い物に目がなく、嬉《うれ》しいことがあると声色《こわいろ》にも多少の変化がある。

些細《ささい》な違いだが、そういうところはアルナにも理解できた。

少しずつ積み重ねて、もっと色々なシエラを知っていきたい――いつしかアルナは、そう思うようになっていた。

シエラとアルナが寮の食堂に向かうと、数人の寮生たちが食事をしているところだった。

アルナを見て少し萎縮《いしゅく》してしまう子もいたが、ここ数日は、

「おはよう」

「あ、おはよう、ございます」

アルナの方から、笑顔で積極的に挨拶《あいさつ》をするようになっていた。

こうやってだんだんと慣れていければいい――そう思わせてくれたのは、シエフのおかげだ。

さすがにまだ、食堂でシエラ以外の誰かと同席するのはハードルが高いかもしれないが……。

（朝食の時くらいは、二人で落ち着いていたい気もするし）

いずれはもっと大勢で食事をしたいと思わなくもないが、静かな方が好みなアルナとしては、
シエラと二人きりのほうが居心地《いごこち》はよかった。とはいえ、

「あ、口にソースが付いているわ」

「ん」

「もう……ほら」

アルナはナプキンでシエラの口元を拭《ぬぐ》う。

シエラも特に抵抗することなく、すんなりと受け入れた。

（……私、なんの考えもなくシエラの口を拭《ふ》いているけれど、これでいいのかしら？）

アルナはふと、疑問に思う。

最近のシエラは、なんでもアルナがやってくれると思うようになっている節《ふし》があった。アル

ナとしてはあまり甘やかさないように心がけているつもりだったのだが……どうにも今みたいに自然と世話を焼いてしまう。

（シエラに対して自立してほしいっていう気持ちもあるし……。でも、放っておけないというか……）

なんて考えていると、

「アルナも指、ソース付いてる」

「あ、本当？」

シエラの口元のソースを拭う時に付いてしまったようだ。

シエラに指摘《してき》されて、アルナはすぐにナプキンで拭おうとするが、それよりも早く――シエラがアルナの指先を咥《くわ》えた。

「！　ちょ、な、何をしているの!?」

「アルナが拭いてくれたから、わたしも」

「ナプキンがあるからいいの！　口でなんて、はしたないからダメよ？」

「……？　よくわからないけど、わかった」

本当にわかっているのか甚《はなは》だ疑問であった。

ただ、アルナとしては指先で良かった――そう心の中で思う。

何せ、シエラは純粋な厚意でアルナの指先のソースを舐《な》めとってくれたのだ。

これがもし口元であったのなら、と余計なことまで考えてしまう。

（いけない……私の方がはしたないわ）

軽く首を横に振って、そんな想像を振り払う。

シエラの前では一層、自分の行動に注意しようとアルナは固く誓《ちか》う。アルナの行動が、そのままシエラにとっての常識に繋《つな》がりかねないことはアルナもわかっているからだ。……指先を舐める行為については教えたわけでもなんでもないが。

シエラもナイフやフォークの使い方はもう覚えており上手《うま》いものなのだが、どうやらあまり面倒《めんどう》なことはしたくないらしい。食べるときは結局どちらかしか使わない。

朝食を食べ終えると、アルナとシエラはそのまま校舎の方へと向かう。

時間的にはまだ少し余裕があるくらいで、二人は並んで道を歩いていた。

「アイス食べたい」

「……放課後ね」

朝食を食べ終えたばかりで、まだ授業も始まっていないというのに、そんなシエラの願望がアルナの耳に届くのだった。

＊＊＊

「……」

シエラがいつになく真剣な表情で考え込んでいた。授業に関することではない――アイスを取り扱うお店の前で、シエラがひたすらに悩んでいたのだ。

放課後。約束通り、アルナはシエラを連れてアイスを食べに来た。その結果、シエラはひたすらにアイスを吟味《ぎんみ》する状態になっているのである。

「…………」

「まだ決まらない？」

「うん」

アルナの問いかけには、即答するシエラ。

アイスは基本的には果物系の味が中心だが、バニラやチョコといった一般的に人気なものも揃《そろ》っている。

シエラの悩みはもちろん、どの味にするかということなのだろう。

お腹《なか》が冷えるから、とアルナはシエラに二種類までと制限を設けた。

何事も即断で決めてしまうイメージがあるシエラだったが、アイスに関してはどうやら違うらしい。

味の組み合わせについてひたすらに悩み続けている。

「その二つにしたら？」

「……違う気がする」

「違う気って……じゃあ、それは？」

「悪くないけど、もう少し」

シエラの言葉にはあまり具体性がない。

アルナは適当に決めるつもりでいたのだが、シエラがこうなってしまうとは思ってもいなかった。

（どうしよう……もっとたくさん食べてもいいって言うわけにもいかないし）

あくまでシエラのことを考えてのことだ。

アルナは少し悩んでから、思いついたように口を開く。

「それじゃあ、私の分も選んでいいわ」

「アルナの分も？」

「そう、私のも合わせて四種類。半分ずつにすれば、それだけ食べられるでしょう？」

「！　アルナ、頭いいね」

それは名案だ、と言わんばかりにシエラが目を輝かせる。これなら二種類という少なすぎる選択肢《し》は多少改善される。

「じゃあ、ちょっと待ってて」

「わかったわ」

「……」

シエラが再び紙に書かれたアイスの味に視線を向ける。

スッと目を細めて、まるで獲物《えもの》を狙《ねら》う獣《けもの》のようだ。

無言のまま、シエラがひたすらにアイスのそれぞれに視線を送り続ける。

「……」

「…………」

「…………」

「…………シエラ、もしかして余計に悩ませちゃった？」

「四種類だと、組み合わせがさらに複雑。魔法みたいだね」

シエラのそんな答えを聞いて、アルナは苦笑する。

どうやら余計に考える要素を増やしてしまったらしい。だがシエラは、散々《さんざん》悩んだ末にようやく四種類の味を選んでくれた。

そうして二人でアイスを買って、ベンチで並んで食べることにする。

「どれも味の濃いものね……」

「甘いのがよかったから。アルナはそういうの、嫌い？」

「そんなことないわ。二人で食べれば丁度《ちょうど》いいくらいでしょう」

「じゃあ、ちょうだい」

自分の手に持っているアイスに口をつける前に、アルナの持っている方のアイスを要求してくるシエラ。

嘆息しながらも、アルナはシエラにアイスを差し出す。

「もう、まずは自分のから食べればいいじゃないの」

「そっちの方が食べたかったから」

「え、それなら私はそっちでも良かったのよ？」

「ううん、アルナにあげた」

二人で分ける——そう言ってはいたが、シエラは自分が一番食べたかった物はアルナにくれたようだ。

そう言われると、小さなことかもしれないが少しだけ嬉しい気持ちになる。

こんなことでも、シエラがアルナのことを大切に思ってくれていると感じるからだ。

「んっ、おいしい」

アルナの差し出したアイスをペロリと舐めて、シエラはそんな感想を漏《も》らす。

そのまま、少しずつアルナの手に持っているアイスを食べ始めた。

「……」

（なんか、やっぱり餌付《えづ》けをしているような感じがするわ）

アルナの差し出したアイスを食べるシエラを見て、そんなことを考えてしまう。

シエラは一言で言うなら、動物的というのがぴったり当てはまる少女だ。

匂《にお》いに敏感で、周囲の音にもすぐに反応する。感覚がとにかく優《すぐ》れているのだろう――アルナの気づけないようなことでも、シエラがいち早く気づいて反応するくらいだ。

そんなシエラが、アルナの持つアイスをペロリと舐める姿は、親鳥が雛鳥《ひなどり》にご飯を与えてるような感じがあった。

いっそパクリと食べてくれればいいのだが、シエラはゆっくりとアイスを食べる。

「シエラ、もう少し大きく食べてもいいのよ？」

「味わいたかった」

「意外とグルメなこと言うのね……。ほら、手に持ってもいいから」

「じゃあ、アルナはこっち食べてていいよ」

アルナとシエラは互いに持っていたアイスを交換して食べ合う。

少し食べたところで、シエラが物欲しそうな表情でアルナを見ていることに気づいた。

「……」

「どうしたの？」

「そっちも食べたい」

「……だから最初に食べればよかったでしょうに」

「アルナが食べてるところ見てると、美味《おい》しそうに見えたから」

「！　わ、私そんな風に食べているかしら……？」

シエラに指摘されて、少し頬《ほお》を赤くしてアルナは周囲を窺《うかが》う。

鏡があれば確認しておきたいというような、そんな気分だ。

アルナが周りを気にしている隙に、シエラがアルナの持っていたアイスにかぶりつく。今度は先ほどとは違い、一口が大きかった。

「あ、こら。食べたいなら渡すって言ったでしょう」

「そうだっけ？」

「すぐに惚けるんだから……」

アルナはため息をつく。

シエラが自分の手にあるアイスに再び夢中になる。

――戦いの時とはまるで違う、普段は素直で良い子としかアルナには思えない。

もちろん、手のかかるところはあるけれど、そこがアルナにとっては放っておけない要因なのだ。

「美味しい？」

「うん。甘くて冷たい」

「……じゃあ、今日は特別に私のも食べていいから」

「……いいの？」

「だから、特別。シエラの退院祝いだものね。でも、お腹は壊さないように、ね？」

アルナはシエラの頬に優しく触れて、微笑みを浮かべる。

きっとこれからも、アルナはシエラに『特別』を許してしまうだろう。

アルナにとってシエラは『大切で特別』な友達でもあるからだ。

（シエラにとっても、そうだったらいいな──なんて）

アルナはそんなことを考えながら、シエラを見る。

その視線に気づいたのか、シエラがアルナの方を見返した。

何を考えているかわからない──純粋な瞳がアルナを映し出して、

「アルナもやっぱり食べたいの？」

「……大丈夫だから。全部食べていいわよ」

シエラのそんな言葉を聞いて、苦笑いを浮かべながら答えるアルナ。

（別に特別である必要なんてない。だって、シエラは私のこと、『大切な友達』って言ってくれたんだから）

アルナは改めてそう認識する。特別でなくても、アルナにとってはそれだけで十分だった。

こうして、シエラと共に過ごせる──今はそれを楽しもう、と。

二人の少女の一日は、こうして過ぎ去っていくのだった。

あとがき

はじめまして、笹塔五郎《ささとうごろう》と申します。

このあとがきをご覧《らん》いただいているということは、もうこの作品は出版されているということですね……という冗談はさておき、ご購入いただきましてありがとうございます。

本作品は元々ネット小説として連載を始めたものでございます。

書きたい物は色々あったのですが、なかなか形にならない……どうしよう……と迷った末に一先《ひとま》ず好きなことを書いていこうと思って生まれたのが、本作です。

主人公のシエラは何より常識の欠けた少女として描写するために、話し方から何やらまであまり特徴はないかもしれません。その一方、感情を読み取る能力には長《た》けていて……けれどその感情自体は上手《うま》く理解できない、みたいな。言葉にするとなかなか難しいですが、純粋だけどどこか異常性が感じられる人物です。

ヒロインとなるアルナについては、ヒロインらしく助けられるだけの人物ではなく、日常のシーンではシエラを支える立場にあります。母性に近いものがありながらもヒロイン力も感じられる……そんな風に思っていただけたら私としては嬉《うれ》しいかな、と思います。

そんな出会って間もない二人がまるで姉妹のようになっていく……そんな風に描写していけたらなぁ、とこの作品では考えていますね。

まずは一巻という形となりますが、今後もお話を続けていけるよう頑張りますので、宜《よろ》しくお願い致します。


さて、この場を借りてお礼の言葉を申し上げさせていただきたいと思います。

まずはこの作品を出版まで運んでくれた『ダッシュエックス文庫』ならびに編集のＫ様。

「笹さんのＴｗｉｔｔｅｒ、フォローしてるんですよ」と最初にお会いした際に言われたのが強く印象に残っており、驚きも大きかったです。色々と書籍化作業では助けていただきましたので、今後ともお付き合いいただければと思います。ありがとうございます。

次に、本作のイラストを担当してくださいました『Ｅｎｊｉ《えんじ》』様。

ラフ段階からカバーイラストがとても尊く、何かあるたびにカバーイラストを見ては日々の活力とさせていただきました。

こちらの作品の魅力を２００％以上に引き出してくださっていると思います。本当にありがとうございます。

最後に、こちらの作品を応援してくださった皆様。

ネットで連載してるときから、書籍になるまで、皆様の応援があったからこそこうして今があります。ありがとうございます。

今後も頑張りますので、引き続きお会いできることを心より願っております！

笹塔五郎

1巻発売
おめでとうございます!

この作品の感想をお寄せください。

あて先　〒101-8050　東京都千代田区一ツ橋2-5-10
集英社　ダッシュエックス文庫編集部　気付
笹 塔五郎先生　Enji先生

ダッシュエックス文庫

最強の傭兵少女の学園生活
―少女と少女、邂逅する―

笹 塔五郎

2019年7月30日　第1刷発行

★定価はカバーに表示してあります

発行者　鈴木晴彦
発行所　株式会社　集英社
〒101−8050　東京都千代田区一ツ橋2−5−10
03(3230)6229(編集)
03(3230)6393(販売/書店専用) 03(3230)6080(読者係)
印刷所　大日本印刷株式会社
編集協力　梶原 亨

本書の一部あるいは全部を無断で複写複製することは、
法律で認められた場合を除き、著作権の侵害となります。
また、業者など、読者本人以外による本書のデジタル化は、
いかなる場合でも一切認められませんのでご注意ください。
造本には十分注意しておりますが、乱丁·落丁(本のページ順序の
間違いや抜け落ち)の場合はお取り替え致します。
購入された書店名を明記して小社読者係宛にお送りください。
送料は小社負担でお取り替え致します。
但し、古書店で購入したものについてはお取り替え出来ません。

ISBN978-4-08-631320-9 C0193
©TOGORO SASA 2019　　Printed in Japan

ダッシュエックス文庫

地下室ダンジョン
~貧乏兄妹は娯楽を求めて最強へ~
錆び匙《サビスプーン》
イラスト／keepout

私、聖女様じゃありませんよ!?
~レベル上限100の異世界に、9999レベルの私が召喚された結果~
月島秀一
イラスト／竹花ノート

学園騎士のレベルアップ!
レベル1000超えの転生者、落ちこぼれクラスに入学。そして、
三上康明
イラスト／100円ロッカー

ソロ神官のVRMMO冒険記
~どこから見ても狂戦士です 本当にありがとうございました~
原初《げんしょ》
イラスト／へいろー

兄妹二人が貧しく暮らすボロ家の地下室にダンジョンが出現！ 生活のために攻略を始めると、知らぬ間に日本最強になっていて…!?

平凡な村娘が異世界に『聖女』として召喚された。レベル上限が100の異世界を、自称・平凡な少女が規格外の力でほっこり無双!!

レベル1000超えの転生者が騎士養成学校に入学！ でも3桁までしか表示されない測定器のせいで問題児クラスに振り分けされて!?

回復能力がある「神官」を選んでゲームをはじめたのに、あまりにも自由なプレイスタイルに全プレイヤーが震撼!? 怒涛の冒険記！

ダッシュエックス文庫

ソロ神官のＶＲＭＭＯ冒険記２
～どこから見ても狂戦士です
本当にありがとうございました～
原初《げんしょ》
イラスト／へいろー

ソロ神官のＶＲＭＭＯ冒険記３
～どこから見ても狂戦士です
本当にありがとうございました～
原初《げんしょ》
イラスト／へいろー

ソロ神官のＶＲＭＭＯ冒険記４
～どこから見ても狂戦士です
本当にありがとうございました～
原初《げんしょ》
イラスト／へいろー

裏切られたＳランク冒険者の俺は、
愛する奴隷の彼女らと共に
奴隷だけのハーレムギルドを作る
柊 咲
イラスト／ナイロン

高難易度のイベントをクリアして獲得した報酬は、ケモ耳美幼女!? 新しい武器と新たな出会いの連続でソロプレイに磨きがかかる！

ギルドに加入するためレベル上げでトカゲ狩り！ そしてやってきた転職のチャンスで、ジョブの選択肢に「狂戦士ん官」の文字が!?

美しき聖女の願いに応え、死霊の王討伐のクエストに参加したリュー。それは恋とバトルが乱れ咲く、リュー史上最大の戦いだった!!

奴隷嫌いの少年と裏切られて奴隷堕ちした美少女が復讐のために旅立つ！ 背徳の主従関係で贈るエロティックハードファンタジー!!

ダッシュエックス文庫

若者の黒魔法離れが深刻ですが、就職してみたら待遇いいし、社長も使い魔もかわいくて最高です！
森田季節
イラスト／47AgDragon《しるばーどらごん》

若者の黒魔法離れが深刻ですが、就職してみたら待遇いいし、社長も使い魔もかわいくて最高です！２
森田季節
イラスト／47AgDragon《しるばーどらごん》

若者の黒魔法離れが深刻ですが、就職してみたら待遇いいし、社長も使い魔もかわいくて最高です！３
森田季節
イラスト／47AgDragon《しるばーどらごん》

若者の黒魔法離れが深刻ですが、就職してみたら待遇いいし、社長も使い魔もかわいくて最高です！４
森田季節
イラスト／47AgDragon《しるばーどらごん》

やっとの思いで決まった就職先は、悪評高い黒魔法の会社！　でも実際はホワイトすぎる環境で、ゆるく楽しい社会人生活が始まる！

使い魔のお見合い騒動があったり、もらった領地が超過疎地だったり…。事件続発でも、黒魔法会社での日々はみんな笑顔で超快適！

地方暮らしの同期が研修に!?　アンデッドをこき使うブラック企業に物申す！　悪徳スカウト撲滅など白くて楽しいお仕事コメディ！

みんなで忘年会旅行へ行ったら、なぜか混浴に!?　黒魔法使いとして成長著しいフランツだったが、業界全体のストライキが発生し…。

若者の黒魔法離れが深刻ですが、就職してみたら待遇いいし、社長も使い魔もかわいくて最高です！5

森田季節
イラスト／47AgDragon《しるばーどらごん》

入社2年目で、新入社員の面接官に大抜擢!! 先輩が他社から引き抜き!? そして使い魔のセルリアとは一歩進んだ関係に発展する…!!

遊び人は賢者に転職できるって知ってました？～勇者パーティを追放されたLv99道化師、【大賢者】になる～

妹尾尻尾
イラスト／TRY

様々なサポートに全く気付かれず、ついに勇者パーティから追放された道化師。道化をやめ、大賢者に転職して主役の人生を送る…!!

遊び人は賢者に転職できるって知ってました？2 ～勇者パーティを追放されたLv99道化師、【大賢者】になる～

妹尾尻尾
イラスト／柚木ゆの

道化師から大賢者へ転職し、爆乳美少女2人と難攻不落のダンジョンへ！ だが彼らの前に、かつての勇者パーティーが現れて…？

異世界最強トラック召喚、いすゞ・エルフ

八薙玉造
イラスト／bun150

天涯孤独のオタク女子高生が憧れの異世界へ。なぜか与えられたトラックを召喚する力で、理想の異世界生活のために斜め上に奔走する。

「きみ」のストーリーを、

「ぼくら」のストーリーに。

集英社

ライトノベル新人賞

募集中!

ダッシュエックス文庫が主催する新人賞「集英社ライトノベル新人賞」では
ライトノベル読者へ向けた作品を募集しています。

大賞 300万円

金賞 50万円

銀賞 30万円

※原則として大賞作品はダッシュエックス文庫より出版いたします。

募集は年2回!

1次選考通過者には編集部から評価シートをお送りします!

第9回後期締め切り：2019年10月25日(23:59まで)

最新情報や詳細はダッシュエックス文庫公式サイトをご覧下さい。

http://dash.shueisha.co.jp/award/